ファンタスティック ビースト と黒い魔法使いの誕生

映画オリジナル 脚本版

J.K.ローリング

と黒い魔法使いの誕生

映画オリジナル
脚本版

ILLUSTRATIONS AND DESIGN
BY
MINALIMA

静山社

Original Title:
Fantastic Beasts : The Crimes of Grindelwald
The Original Screenplay

Text copyright © 2018 by J.K. Rowling
Illustrations by MinaLima © 2018 by J.K. Rowling
Foreword © 2018 by David Yates
Wizarding World Publishing Rights © 2018 by J.K. Rowling
Wizarding World characters, names, and related indicia are TM and © Warner Bros.
Entertainment Inc. All Rights Reserved.
Wizarding World is a trademark of Warner Bros. Entertainment Inc.

All rights reserved.
No part of this publication may be reproduced, stored in a
retrieval system, or transmitted, in any form or by any means, without
the prior permission in writing of the publisher, nor be otherwise circulated
in any form of binding or cover other than that in which it is published
and without a similar condition including this condition being
imposed on the subsequent purchaser.

Japanese dubbing for the Warner Bros. motion picture translated by Keiko Kishida

Translation of the original screenplay for publication by Yuko Matsuoka

息子のケンジーに

日本語版監修・翻訳　松岡佑子

まえがき　デイビッド・イェーツ

ファンタスティック・ビーストと黒い魔法使いの誕生
映画オリジナル脚本版

映画用語集

キャスト、クルー

作者について

ブックデザインについて

まえがき

これまで多くの作家と仕事をしてきたが、ジョーほど特別な人はいない。自分の創り出した登場人物も世界も、隅々まで知り尽くしているし、私が出会った中で最もダイナミックな考え方をする人だ。しかも、これほどの成功を収めていながら、信じがたいほど地に足がついている。独特な物語の語り手であり、しかも映画製作にあたっては、まことに協力的なスピリットを持ったプロデューサーであり、シナリオライターでもある。

私が最初に「ファンタスティック・ビーストと黒い魔法使いの誕生」を読んだのは、2016年の春で、映画を撮り始める1年2か月前だった。シナリオは重層的で、情感豊かであり、なによりも大切なことに、独自性があった。映画製作者として、私はたくさんの贈り物と、大きな砂遊びの箱をもらったようなものだった。1920年代のパリを再現するスリルを味わったり、初登場のすばらしい動物たちをひねり出したり、存在感のある登場人物やテーマが織りなす、情感豊かな幾重にも縒られた物語に分け入ったり、毎日の製作現場がワク

ワクする楽しいものだった。

しかし、最初にシナリオを読んだ時に、私がなによりも魅了され楽しまされたのは、登場人物だった。時代を超えた魅力的な存在であり、興味をそそられる。その全員が、ますます複雑で危険になっていく世界を航海しながら、ぎりぎりまで試される——その世界は、いかに誇張された魔法の世界であっても、ある意味で、どの時代にも当てはまる我々自身の世界を反映しているのだ。

2018年9月9日

デイビッド・イェーツ

シーン1

屋外　ニューヨーク　「アメリカ合衆国魔法議会（MACUSA）」──1927年──夜

ニューヨークとマクーザの空撮

シーン2

屋内　マクーザ地下室　黒い壁に囲まれたがらんとした部屋──夜

髪も髭も伸びたグリンデルバルドが、魔法で椅子に固定されてじっと座っている。あたりは

呪文に満たされてちらちら光っている。

アバナシーが廊下からグリンデルバルドを気づかれぬようにじっと見ている。

チュパカブラ（半分トカゲで半分昆虫。南北アメリカに生息する吸血生物）の赤ん坊が、グリンデルバルドの椅子に鎖でつながれている。

シーン3 屋内 マクーザ 独房の間の通路 直後――

夜

セラフィーナ・ピッカリー議長とルドルフ・スピールマンが、両側にずらりと並んだガードマンの間を通り、急ぎ足で不吉な雰囲気の扉へと歩いていく。

スピールマン（ドイツ人）……厄介払いできて嬉しかろう。

ピッカリー むしろずっとここに監禁しておきたいところですね。

スピールマン 半年で十分だ。もう欧州で服役させるべき時だ。

扉にたどり着くと、アバナシーが振り返って、二人の到着を確認する。

アバナシー ピッカリー議長、スピールマン様、囚人は確保してあり、移送の準備が整いました。

スピールマンとピッカリーが独房にいるグリンデルバルドをのぞき込む。

スピールマン　あらゆる呪文を掛けて拘束したようですな。必要な措置でした。彼は非常に手強くて、看守を三回も替えました——とても……説得力があるのです。それで、舌を切って黙らせました。

ピッカリー

シーン4　屋内　マクーザの独房――夜

鳥かごのような独房が階段状に並んでいる。グリンデルバルドが、縛られたまま魔法で宙に浮かべられ、上階に運ばれていく間、囚人たちが鉄格子を叩いたり、連呼したりする。

囚人たち　　グリンデルバルド！　グリンデルバルド！

シーン5　屋外　マクーザの屋上──数分後──夜

八頭のセストラルに引かれた、霊柩車のような黒い馬車が待ち受けている。闇祓い1と2が御者台に上がり、他の闇祓いがグリンデルバルドを馬車に押し込む。

スピールマン　　世界中の魔法界が、あなたに深く感謝します、ピッカリー議長。
ピッカリー　　彼を侮らぬように。

アバナシーが二人に近づく。

アバナシー 　スピールマン様、彼が隠していた杖です。

アバナシーが黒い長方形の箱を渡す。

ピッカリー 　アバナシー、例のものは？
アバナシー 　これも見つけました。

アバナシーは、金色に輝く液体の入ったガラスの小瓶を手に持っている。スピールマンが手を伸ばして小瓶を取ろうとするが、鎖に繋がっている。アバナシーは小瓶を渡すのを一瞬ためらうが、鎖を手放す。

小瓶がスピールマンの手にわたるときに、馬車の中のグリンデルバルドが目を上げて、天井を見る。

スピールマンが馬車に乗り込む。闇祓い1が手綱をとり、闇祓い2がその横に座る。馬車の扉が閉まる。扉からいくつもの錠前が現れ、ガチャガチャと不吉な音をたてながら、ひとりでに錠がかかる。

闇祓い1　イヤーッ！

セストラルが飛び立つ。

——間

馬車は急降下したのち、土砂降りの雨の中を高々と飛び去る。幾人もの闇祓いたちが、箒に乗ってそのあとに続く。

アバナシーがニワトコの杖を持って前に進み出る。だんだん小さくなる馬車を見上げる。そして「姿くらまし」する。

画面切り替え

シーン6 屋外 セストラルの馬車――夜

馬車の底部。アバナシーが「姿現(すがたあらわ)し」する。車軸(しゃじく)を握(にぎ)りしめている。

シーン7　屋内　セストラルの馬車──夜

スピールマンとグリンデルバルドがにらみ合って座っている。スピールマンの脇に座った闇祓いたちは、杖をグリンデルバルドに向けている。グリンデルバルドの杖の箱はスピールマンの膝の上だ。

スピールマンが小瓶を取り上げて、鎖の先でぶらぶらさせる。

スピールマン　達者な舌もこれまでだな、え？

ところが、グリンデルバルドが変身し始める……

シーン8　屋外　セストラルの馬車──夜

馬車の底で、アバナシーが車軸を握り替える。彼の顔も変わっていく。髪がブロンドになって伸びていく……グリンデルバルドだ。そしてニワトコの杖を上げる。

シーン9　屋内　セストラルの馬車──夜

グリンデルバルドがみるみる変身して、もうほとんど完全に、舌のないアバナシーに変わっている。

スピールマン　（ショックをうけて）オー！

シーン10　屋外　セストラルの馬車――夜

すっかり元の姿に戻ったグリンデルバルドが、馬車の底から「姿くらまし」する……

……そして、御者席の隣に「姿現し」する。闇祓い1と2がその姿に気づくと、グリンデルバルドは杖を手綱

に向ける。黒い手綱が生きた蛇に変わり、闇祓い1に巻き付いて夜の闇へと落下させる。闇祓い1は箒に乗った仲間たちのそばを落ちていく。

グリンデルバルドはまた呪文を放ち、黒い手綱が闇祓い2をさなぎのようにぐるぐる巻きにして空中に放り投げ、跳ね返ってくる力を利用して馬車の後方の従者、闇祓い3と4をなぎ払い、馬車から落とす。三人とも闇の中を落ちていく。

シーン11　屋内　セストラルの馬車──夜

全部の杖が向きを変えて、スピールマンと残った二人の闇祓いの首を、脅すようにつく。

スピールマンは自分の杖がほこりのように消えていくのをただ見ている。

馬車が危険な揺れ方をして、両側の扉が開く。窓にグリンデルバルドの顔が現れ、パニックに陥ったスピールマンは、膝の上の杖の箱を開く。中からチュパカブラが飛び出し、スピールマンの首に深々と牙を突き立てる。スピールマンは格闘する。ガラスの小瓶が床に落ちる。

シーン12 屋外 セストラルの馬車──夜

グリンデルバルドは馬車をハドソン川に向け、箒に乗った闇祓いたちが馬車を追ってくる。馬車の車輪が川面をかすめる。箒の闇祓いたちが追いついてくる。

グリンデルバルドがニワトコの杖で川に触れると、たちまち馬車に水が満ちてくる。

彼は再び馬車を空中に引き上げる。

シーン13　屋内　セストラルの馬車——夜

天井まで水の満ちた馬車の中で、二人の闇祓いとスピールマン、そしてアバナシーは息を詰める。

スピールマンは水に漂う小瓶を捕まえようとするが、チュパカブラに阻まれたままのアバナシーが、かろうじて口で小瓶を捕まえる。

シーン14　屋内　セストラルの馬車──夜

グリンデルバルドは、馬車を御しながら、あたりの雷雲に向かって杖を振り回す。稲妻が箒に乗った闇祓いたちを一人また一人と打ち、箒からたたき落とす。

シーン15 屋内 セストラルの馬車──夜

グリンデルバルドが馬車の扉のところに現れ、アバナシーに向かって軽く頷く。そして扉を開け、中の水を流し出す──二人の闇祓いも一緒に。グリンデルバルドは馬車に乗り込み、鎖をつかんで、アバナシーの口からガラスの小瓶を取りもどす。そして呪文をかけ、アバナシーに新しい舌を与える──舌の先が蛇のように割れている。

グリンデルバルド 友よ、君は我が大義に加わったのだ。

グリンデルバルドは小さなチュパカブラをスピールマンの首からもぎり取る。チュパカブラは、甘えるように、グリンデルバルドの手に血だらけの顔をこすりつける。

グリンデルバルド もういい、わかったよ、アントニオ。

グリンデルバルドはおぞましげにチュパカブラを見る。

グリンデルバルド　しつこい甘ったれめ。

そしてチュパカブラを外に放り投げる。

次に、開いている扉からスピールマンを魔法で吹き飛ばし、続いて杖を一本放り投げる。

シーン16　屋外　大西洋の上空──夜

落下しながらなんとか杖をつかんだスピールマンは、グリンデルバルドのかけた「クッショ

ン呪文」で、ゆっくりと海に向かって落ち、自分の馬車が、欧州の空に向かって矢のように飛び去るのを見ている。

シーン17 屋外 曇り空のロンドン 官庁街のホワイトホール通り――午後――三か月後

俯瞰ショット

陰気な静けさ。

一羽のふくろうが魔法省に下りていく。

シーン18　屋内　イギリス魔法省——午後

ニュート・スキャマンダーが一人、待合用の薄暗い場所で、ぼんやり空を見つめている。ふと、何かが手首を引っ張るのを感じる。見下ろすと、ボウトラックルのピケットが、ほつれたカフスの糸にぶら下がって揺れている。

カフスの糸にぶら下がって揺れている。

糸が切れ、ピケットが落ちる。ニュートのボタンが廊下を転がっていく。ニュートとピケットがそれを見つめる。

——間

二人ともボタンを追いかける。ニュートがかろうじて先にボタンにたどり着く。拾い上げていると、目の前に女性の両足が立っている。

リタ　ニュート、みんなが呼んでいるわ。

ニュートが体を起こす。目の前にいるのはリタ・レストレンジ。美しい女性が微笑んでいる。

ニュートはボタンとピケットをポケットに押し込む。

ニュート　リタ……どうしてここに？

リタ　テセウスが、私も魔法省のファミリーになるといって。

ニュート　「魔法省がファミリー」だって、そういう言い方をしたの？

リタは小さく笑う。二人は廊下を歩き始める。張り詰めた雰囲気。長い歴史がある。

ニュート　兄らしい言い方だ。

リタ　あなたが夕食に来てくださらないので、テセウスが嘆いていたわ。招待を全部断られたのですもの。

ニュート　ああ、忙しくて。

リタ　兄弟でしょう。ニュート、彼はあなたと過ごしたいのよ。私もよ。

ニュートは、ピケットがコートの折り返し襟によじ登ろうとしているのを見つけ、コートの胸ポケットを開ける。

ニュート　（ピケットに）オイ、ピック、入ってろ。

ピケットはぬくぬくとポケットに収まる。

リタ　「――そう言う人は心が狭いだけ」
ニュート　ああ、変な生き物なんていない――
リタ　（微笑みながら）あなたはどうして変な生き物たちに好かれるのかしら？

リタがまた微笑む。ニュートは――ただ――付き合いで微笑む。

リタ　プレンダガスト先生にそう言って、居残りさせられたことがあったわね。
ニュート　あの時はたしか一か月も。
リタ　私も居残りに付き合いたくて、先生の机の下で糞爆弾を破裂させた。覚えて

二人は、お役所的で怖そうな扉が見えるところまで来る。会議室だ。中からテセウス・スキャマンダーが出てくる。

ニュート　　いや、覚えてない。

　にべもない拒絶を受けて、リタは立ち止まる。ニュートはテセウスの方に歩いていく。ニュートによく似ているが、もっと外向的で余裕のある態度だ。テセウスはリタにウインクしてからニュートの方を見る。

テセウス　　やあ。
リタ　　　　テセウス、ニュートに夕食に来るように誘っていたの。
テセウス　　そうか？　えーと……部屋に入る前に、一言……
ニュート　　――テセウス、これで五回目だ。やり方はわかってる。
テセウス　　今までとは違うんだ。今回は……。とにかく頑固になるな、いいか？　それ

テセウスは、ピケット、ニュートのブルーのコート、クシャクシャな髪を示唆している。

テセウス
ニュート

にもう少し——。

——僕らしくなくなれって?

(温かみのある言い方で) まあ、やってみて損はない。さあ、行こう。

シーン19

屋内 イギリス魔法省 調査室——午後

ニュートとテセウスが部屋に入る。トーキル・トラバース（無慈悲で性悪）、アーノルド・グズマン（アメリカ人）、ルドルフ・スピールマン（グリンデルバルドに逃げられた痛手が残り、首には嚙み傷が生々しい）の三人が、すでに着席している。

二つの空席に、ニュートとテセウスが座る。部屋の隅は暗い。

トラバース　聞き取りを始める。

羽根ペンが勝手に書き始める。トラバースが手前のファイルを開く。ニュートの「お尋ね者」の写真とニューヨークでのオブスキュラスによる被害の跡の写真がある。

トラバース　国外への旅行禁止令を解いてほしいとのことだが、理由は？

ニュート　国外に旅行したいからです。

スピールマン　（自分のファイルを読み上げる）当該の者は非協力的で、前回の旅行の理由をはぐらかしている。

全員がニュートを見て答えを待つ。

テセウス　ニュート！

ニュート　（低いが強い口調で）いいえ、それは二つの理由で事実と違う——

トラバース　君はニューヨークの半分を破壊した。

ニュート　あれは調査旅行でした。魔法動物の本を書く材料を集めていたのです。

トラバース　君はニューヨークの半分を破壊した。

ニュートは口をつぐんで、顔をしかめる。

グズマン　スキャマンダー君、君は不満だろうが、正直言って我々も同じだ。歩み寄りの精神で、一つ提案がある。

ニュートは悪い予感がしてちらりとテセウスを見る。テセウスが頷く。聞くんだ。

トラバース　どんな提案ですか？　委員会として国外旅行を認める代わりに、条件を飲んでもらう。

ニュートは待つ。スピールマンが身を乗り出す。

スピールマン　魔法省に入るのだ。具体的には君の兄さんの部署に所属する。

ニュートは提案に戸惑い、そして──

ニュート　いや、僕は──それは僕に向いていない──テセウスは闇祓いだ。僕の能力はほかのところにある──

グズマン　スキャマンダー君、魔法界と非魔法界はこれまで一世紀以上平和共存してきた。グリンデルバルドはそれを壊そうとしている。しかも、魔法界の一部

の者にとって、彼のメッセージは非常に魅力的だ。特に純血の一族は、魔法界ばかりか人間界をも支配するのが、生得の権利だと考えている。彼らが英雄視するグリンデルバルドは、この若者を利用して野望を実現しようとしている。

これを聞いて、ニュートは顔をしかめ、テーブルの表面に浮かび出たクリーデンスの顔をじっと見る。

ニュート　ニュート、彼は生き延びた。

テセウス　すみませんが、クリーデンスがまだ生きているかのような話しぶりだ。

ニュートは言葉を失い、テセウスを見つめる。

テセウスが頷く。

テセウス　生きていて、何か月も前にニューヨークを出た。今はヨーロッパのどこかにいる。場所は特定できないが、しかし——

ニュート　それで、僕にクリーデンスを探せと？　殺すために？

部屋の隅の暗がりから、低い嫌な笑い声。

グリムソン　相変わらずだな、スキャマンダー。

ニュートは声にぎくりと反応する。グリムソンが明るみに出てくる。傷だらけで残酷な「賞金稼ぎの魔法動物ハンター」だ。

ニュート　（怒って）何しに来た？
グリムソン　君が甘すぎてできない仕事を引き受けに来た。

グリムソンがテーブルに近寄る。クリーデンスのゴーストのようなイメージが、魔法のかかったテーブルの表面でちらちら揺らめいている。

グリムソン　（クリーデンスのことを）こいつがそうか？

ニュートは憤然と立ち上がり、荒々しく出口にむかう。

トラバース　（ニュートの背後から）旅行の申請は却下！

テセウスが閉まる扉をじっと見ている。委員会は驚いた様子もなく、にやにや笑っているグリムソンに視線を移す。

シーン20　屋内　イギリス魔法省の廊下──午後

テセウスがニュートの後を追う。

テセウス　　ニュート！

ニュートが立ち止まって振り返る。

テセウス　　（いらだって）グリムソンを使うのは、私だって嫌なんだ。
ニュート　　テセウス、目的のためには手段を選ばず、なんて聞きたくない。
テセウス　　見ザル聞かザルでは現実は見えないぞ！
ニュート　　（憤慨して）オーケー、どうせ僕は自分勝手で……無責任で……
テセウス　　どちら側に付くか、選択を迫られる時がくる。君だって。
ニュート　　僕にはどっちの側なんて関係ない。
テセウス　　ニュート……

ニュートが踵を返して去りかけるが、追ってきたテセウスが腕をつかんで引き止める。

テセウス　　来いよ。（引き寄せてハグする）

ニュートはハグを返さないが、突き放しもしない。

テセウス　　（ニュートの耳元で）君は見張られている。

シーン21　屋内　魔法省の調査室——午後

グリムソンがニュートのいた席に座って、委員会と向き合っている。

グリムソン　それじゃ、よろしいですな、これは私の任務ということで。

シーン22

屋外 パリの高級住宅街の家並——午後

俯瞰ショット

シーン23

屋外 十九世紀のパリの家が並ぶエレガントな通り——午後

グリンデルバルドとアコライト（信奉者）たちが通りに立っている。

グリンデルバルドがひときわ立派な館をステッキで指す。

霊柩馬車の到着を告げるガタゴトという音。

ナーゲル、クロール、カロー（女性）、アバナシー、クラフト、ロジエール（女性）、マクダフが館の玄関に近づく。クロールが呪文でドアを開け、アコライトたちが家に入る。

家の主人のパリ市民　（声のみ o.s.）（妻に呼び掛けて）シェリ？
妻　（声のみ o.s.）（心配そうに）キ　エ　ラ　（どなた）？

グリンデルバルドは冷静に通りを眺めまわし、ステッキで敷石をコツコツ叩きながら部下の首尾を待っている。

緑の閃光が走る――死の呪文だ。ドアが開き、黒い棺が二つ出てくる。グリンデルバルドは、ナーゲルとクラフトが棺を馬車に乗せるのを見ている。

シーン24 屋内 グリンデルバルドの隠れ本部 客間——午後

グリンデルバルドが、今殺めたばかりの上流階級家族が使っていた、エレガントな家財道具などを見回して品定めしている。

グリンデルバルド よし。徹底的に浄化すれば住めるだろう。
（ナーゲルに）サーカスに行って、クリーデンスにこのメモを渡せ。あいつの旅が始まる。

ナーゲルが頷いて出かける。

ロジエール　私たちが勝てば、何百万人と街から逃げ出すでしょう。彼らの時代は終わりね。

グリンデルバルド　声高にそう言うな。我らはただ自由が欲しいだけだ。我々らしくある自由だ。

ロジエール　非魔法族を全滅させる自由。

グリンデルバルド　全滅ではない。我々にも慈悲はある。家畜は必要だからな。

近くで赤ん坊の声がする。

シーン25 屋内 グリンデルバルドの隠れ本部 子供部屋——午後

グリンデルバルドが入ってくる。幼い男の子が、不思議そうに見上げる。グリンデルバルドはその子をしばらくながめるが、やがてカローに向かって頷き、背を向けて部屋を出ていく。

グリンデルバルドがドアを閉めて出るとき、また緑の閃光が走る。

シーン26 屋外 ロンドンの裏路地――夕方

ニュートが「姿現し」して、だんだん荒れ模様になってきた空の下を、急ぎ足で歩いていく。

その直後、闇祓いのステビンズが、ニュートの数メートル後ろに「姿現し」する。ここ一時間ほど、ずっとこの追跡ゲームが繰り返されていた。ニュートは角を曲がってより暗い路地に入り、その角から外をうかがい、杖をステビンズに向ける。

ニュート （小声で s.v）ヴェンタス 吹き飛べ

ステビンズだけが、たちまち一人用のハリケーンに巻き込まれる。帽子が飛ばされていくのを見て、通りすがりのマグルたちは、訳が分からず面白がる。ステビンズは風で足元を奪われそうになり、前に進めない。

ニュートはニヤッと笑いながら、路地の暗がりで壁に寄り

掛かったまま頭を引っ込める。すると目の前に、黒い手袋の片方だけが浮かんでいるのに気づく。ニュートは無表情で手袋を見る。手袋が軽く手招きし、遠くの方を指さす。ニュートがその先を見ると、セント・ポール大聖堂の高いドームの上に見える小さな人影が、片腕を上げる。

ニュートが手袋に視線を戻すと、握手するような格好をしている。ニュートはそれを握り、手袋もろとも「姿くらまし」する——

シーン27 屋外 セント・ポール大聖堂のドーム──夕方

──「姿現(すがたあらわ)し」した場所は、白いものの混(ま)じったとび色の髪(かみ)と髭(ひげ)、45歳(さい)のダンディっぽい魔法(まほう)使(つか)いのそばだ。ニュートは手袋(てぶくろ)を持ち主に返す。

ニュート　ダンブルドア先生。
（面白がって）もっと目立たない屋上は、もう先約でいっぱいだったわけですか？

ダンブルドア　（ロンドンを見下ろして）景色を眺(なが)めるのが好きなのでね。
ネビュラス　霧(きり)よ

霧(きり)が渦(うず)を巻いてロンドンの街を覆(おお)っていく。

二人は「姿(すがた)くらまし」する。

シーン28　屋外　トラファルガー広場――夕方

ダンブルドアとニュートが、「姿現し」して、「ランドシーアのライオンたち」と呼称される巨大なブロンズ像のそばを通り過ぎていく。空はだんだん暗くなり、ますます不穏な雰囲気になる。二人が近づくと、鳩の群れが飛び立つ。

ダンブルドア　どうだったね？
ニュート　　　魔法省はまだ、あなたの指示で僕がニューヨークに送られたと思っています。
ダンブルドア　否定したかね？
ニュート　　　ええ。あなたの指示でしたけど。

間。ダンブルドアはうかがい知れない表情。ニュートは答えを望んでいる。

ニュート　密輸されたサンダーバードの居場所を教えてくれたのはあなたでした。僕があの鳥を故郷のアリゾナ州に戻すだろうことも、マグルの港を通過しなければならないことも、あなたはご存じだった。

ダンブルドア　私は偉大な魔法の鳥に愛着を持っていてね。ダンブルドア家には、一族の窮地に不死鳥が現れるという言い伝えがある。曾祖父のもとに現れたそうだが、彼が亡くなった時に飛び去り、二度と戻らなかった。

ニュート　お言葉ですが、それが理由で私にサンダーバードのことを教えたとは思えません。

背後で物音。暗がりから一人の男の影が現れる。二人は「姿くらまし」する。

シーン29　屋外　ビクトリア・バス・ステーション──夕方

近くで足音がする。二人とも杖を構えるが、足音は遠のく。二人は歩き続ける。

ダンブルドア　ニュート、クリーデンスはパリにいる。自分の実の家族を探そうとしている。彼の素性について、噂を聞いたことがあるだろうね？

ニュート　いいえ。

ダンブルドア　ダンブルドアとニュートは、停車している空のバスに乗り込む。純血の者たちの考えでは、彼がさるフランスの重要な純血一族の最後の一人、死んだと思われている赤ん坊だと……

二人は目を見かわす。ニュートは驚愕している。

ニュート　まさかリタの弟?

ダンブルドア　そういう噂だ。純血だろうがなかろうが、オブスキュラスが、愛に飢えた者の闇の双子、唯一の友として生まれることは確かだ。クリーデンスに本当の姉か兄がいて、愛を与えれば、彼はまだ救えるかもしれない。

（間）

クリーデンスがパリのどこにいようとも、彼の身が危険だし、クリーデンス自身が危険そのものだ。彼の素性はまだわからないが、とにかく見つけなければ。君が見つけてくれるだろうと願っているのだがね。

ダンブルドアはどこからともなくニコラス・フラメルの名刺を取り出す。ニュートはいぶかしげにそれを見る。

ニュート　何ですか?

ダンブルドア　私のとても古い知人の住所だ。魔法で守られた、パリの安全な家だ。

ニュート　安全な家? どうしてパリにそういう家が必要なのですか?

ダンブルドア　必要がなければよいが、非常にまずい状況になった場合、行き場所があるのはよいことだ。お茶でも飲みにね。

ニュート　待ってください——絶対にいやです。

シーン30　屋外　ランベス橋——夜

二人は橋の上に「姿現し」する。

ニュート　ダンブルドア、僕は国外に出るのを禁じられています。出国したら、アズカバン行きで、連中は牢のカギを捨ててしまう。

ダンブルドアが足を止める。

ダンブルドア　ニュート、私がなぜ君を敬愛していると思うかね？　私の知っているほかの誰よりもだ。
（ニュートの驚きの反応を見て）君は権力や名声を求めない。ただ、これは正しいことか？　と自問する。そして正しいなら、どんな犠牲もいとわずに実行する。

ダンブルドアがまた歩きだす。

ニュート　それは光栄です。でもダンブルドア、失礼ですが、どうしてご自身で行かれないのですか？

二人とも立ち止まる。

ダンブルドア 私はグリンデルバルドと戦えない。君でなければならないのだ。

（間）

まあ、そうだろうな。私が君の立場なら、たぶん断る。もう夜も遅い。おやすみ、ニュート。

ダンブルドアが「姿くらまし」する。

ニュート まったくもう！

ダンブルドアの手袋が片方、また現れて、安全な家の住所を書いた名刺を、ニュートの上着の胸ポケットに差し込む。

ニュート （憤慨して）ダンブルドア。

シーン31 屋外 ニュートの家のある通り——夜

俯瞰ショット　黄色いレンガ造りの、ありきたりのビクトリア朝様式の建物が並ぶ通り。雨がポツポツ降り出す。ニュートは足早に玄関前の石段を上るが、戸口で立ち止まる。ニュートの居間（いま）の明かりが付いたり消えたりしている。

シーン32 屋内 ニュートの家――夜

ニュートが玄関のドアを用心深く開ける。中では、赤ちゃんニフラーが、電気スタンドの真鍮の鎖にぶら下がってゆすっている。鎖を引っ張るたびに明かりが点滅するのだ。赤ちゃんニフラーは、まんまと鎖を盗んでからニュートに気づく。あわてて駆け出したニフラーは、行く手にある何もかもを床に落として逃げる。

ニュートは、二匹目の赤ちゃんニフラーが天秤ばかりの一方に座り込んでいるのを見つける。金色の重りに押さえつけられているが、間違いなく盗もうとしている。

一匹目が食卓まで逃げてきたところへ、ニュートがソースパンを上からそっと落とす。ソースパンはそのまま食卓の端へと動いていく。ニュートは天秤ばかりの反対の受け皿にリンゴを落とす。重りの側にいた二匹目の赤ちゃんニフラーは空中に放り投げられる。ニュートが二匹とも、落ちてくるところを受け止めてポケットに突っ込む。

ニュートは満足して地下室へのドアに向かうが、最後に振り返ると、逃げ出した三匹目の赤ちゃんニフラーが、カウンターに置かれたシャンパンのボトルをよじ登って、コルク栓の針金をいじり、コルクを包んでいる金色の紙をねらっているのが目に入る。当然シャンパンの栓がポンと抜け、コルクに乗った赤ちゃんニフラーはニュートの方に飛んできて、そばを通り過ぎ、地下室に続く階段へと落ちていく。

シーン33　屋内　ニュートの家の地下飼育室　しばらくして──夜

魔法動物の巨大な施療院。

ニュート　バンティ！　バンティ！　バンティ、赤ちゃんニフラーがまた逃げたよ！

（ニフラーたちに）オイ！　オー。

ニュートの助手のバンティが、急いでやってくる。平凡な女性。動物が大好きで、ニュートにぞっこんほれ込んでいる。赤ちゃんニフラーをニュートから受け取った手の指に、真新しい包帯が巻かれている。

バンティが三匹目の赤ちゃんニフラー──シャンパンのコルク栓に乗って来た──を金のネックレスでおびき寄せ、三匹とも巣に押し込む。巣は輝くものでいっぱいだ。

ニュートとバンティが一緒に動物村の囲い地の間を歩いていく。

ニュート　気にしないで。

バンティ　すみません。オーグリーの巣を掃除しているすきに、カギを開けたにに違いありませんわ。

ニュート　お見事。

バンティ　ん――……私、ほとんど全部に餌をあげました。ピンキーには鼻用の水薬をあげたし――。

ニュート　――エルシーは？

バンティ　糞はほとんど正常に戻りました。

ニュート　よかった。もう帰っていいよ――

バンティ　（バンティの指を見て）ケルピーは僕に任せておけって言ったのに。

ニュート　あの傷にはもっと軟膏を塗らないと――

バンティ　そのために君の指がなくなったら困る。

ニュートが自分を気づかってくれたことに感激している。

ニュート　バンティ、ほんとにもう帰って。疲れただろう。でも、ケルピーは二人がかりの方が扱いやすいし。

二人は大きな池に近づく。ニュートが、そのそばにかけてある手綱を外す。

バンティ　（願いをこめて）シャツもお脱ぎになっては？
ニュート　（無頓着に）心配いらないよ。すぐに乾かすから。

ニュートは笑顔を見せて、後ろ向きにダイブする。ケルピーが水しぶきをあげて姿を現す。半分ゴーストのような巨大な馬の姿で、ニュートをおぼれさせようとする。ニュートは首をつかんで、やっとのことで暴れまわるケルピーの背中に乗る。

ニュートを乗せたまま、ケルピーが潜る。バンティが、はらはらしながら待っている。フーッ——ニュートが水から飛び出す。ケルピーに手綱が付けられている。おとなしくなったケルピーがたてがみを振る。バンティはびしょびしょのシャツを着たニュートの姿を見て、うっとりしている。

ニュート　ストレスがたまってたらしいな。バンティ、軟膏は？

バンティが薬を渡す。ケルピーを降りたニュートが、その首に軟膏を塗る。

ニュート　またバンティを噛んだりしたら、お仕置きだよ。

その時、上で大きな衝撃音がする。二人とも上を見る。

バンティ　（怖がって）何でしょう？
ニュート　さあ。でもバンティ、君はもう帰って。

バンティ 魔法省を呼びますか？

ニュート いや、いいから君は帰ってくれ。

シーン34 屋内 ニュートの家の階段──すぐ後──夜

ニュートが居間への階段を上っていく。杖を構え、いったい何だろうと思いながら、最悪の事態に備えている。ドアを押し開ける。

シーン35　屋内　ニュートの居間——夜

質素な独身者の部屋。ニュートの本当の生活の場は地下室にある。

ジェイコブ・コワルスキーとクイニー・ゴールドスタインが部屋の中に立っている。そばにスーツケースがある。クイニーはそわそわと落ち着かず、興奮している。ジェイコブは、ピントが外れた感じで、酔っているのか、陽気すぎる。たった今自分が壊した、ニュートの花瓶の残骸を手に持っている。

クイニー

　　ねえ、そのかけら、よこして……それこっちに。

　　（ささやくように）ねえ、ハニー、それをこっちによこして。んもう！

ジェイコブ　（ニュートを見て）あいつは気にしないよ。ほら。
ニュート　あ……
ジェイコブ　（大声で）よう！　ニュート！　こっちに来い、このやろ。

ジェイコブがニュートに抱きつく。ニュートはうれしい一方、困惑している。

ジェイコブ　ロンドンって寒い！　あ、もちろん奇妙な記憶はあったけど。でもこの天使が……消えたところは全部埋めてくれた。だからこうなったのさ、そうだろ？
ニュート　（ジェイコブに）でも君、忘却させられたはずだ！
ジェイコブ　そうさ！　それじゃ……でも……効かなかったぜ、つまり、君が言ったとおり、薬は悪い記憶だけを消す。俺にはそんなのがなかった。
ニュート　ニュート、ごめんなさいね、勝手に入っちゃって——雨が——土砂降り！
クイニー　
ニュート　（狂喜して）そりゃよかった！

ニュートがあたりを見回す。ティナもいるはずだ。

ニュート　ティナ……は？　ティナ？
クイニー　あ、私(わたし)たちだけなの、私(わたし)とジェイコブ。
ニュート　そう。
クイニー　(居心地(いごこち)悪そうに)夕食をつくりましょうか。ん？
ジェイコブ　いいね！

シーン36　屋内　ニュートの居間――五分後――夜

三人が、ニュートの不揃いな食器の置かれた食卓についている。ティナがいないことで、しっくりしない雰囲気。クイニーのスーツケースが、開けっぱなしでソファに置かれている。ジェイコブは座らされてナプキンをつけられている。

クイニー　ティナと私、口をきかないの。

ニュート　どうして？

ジェイコブの主観ショット――酔ってご機嫌な時のように、ピンクでぼんやりしている。

クイニー　まあね、ほら、ティーンは私とジェイコブが付き合っていると知って、気に入らな

かったの。だって、『法律』があるでしょ。（引用の意味のカギかっこを指で描く）。

ノー・マジとデートすべからず。結婚すべからず、あれもダメ、これもダメよ。でもね、もともとティナは取り乱してたの。あなたのことで。僕？

そう、ニュート、あなたよ。「スペルバウンド誌」。ほら——持ってきてあげたわ——

クイニーがスーツケースに杖を向ける。ゴシップ誌が飛んでくる。「スペルバウンド（魅せられて）」「有名人の秘密、スターたちの『呪文のヒント』！」表紙には、不自然に美化されたニュートと、ありえないほどににっこり笑っているニフラーが一匹。**「魔法動物調教師、ニュートが結婚」**

クイニーが雑誌を開く。テセウス、リタ、ニュート、バンティが、ニュートの本の出版記念で並んで立っている。

ニュート

クイニー

クイニー　（ニュートに見せながら）『ニュート・スキャマンダーと婚約者のリタ・レストレンジ。兄のテセウス、姓名不詳の女性』

ニュート　違う。リタと結婚するのはテセウス。僕じゃない。

クイニー　まあ！　あらら……ねえ、ティーンがこれを読んだの、そしてほかの人とデートし始めたわ。闇祓いで、名前はアキレス・トリバー。

沈黙。それからニュートは、ジェイコブの状態に気づき始める。だらしない食べ方をしている。一人で鼻歌を歌い、塩を飲もうとする。クイニーがそれを取り上げ、かわりにコップを持たせてごまかそうとする。

クイニー　とにかく……ここに来れてうれしいわ、ニュート。この旅は——あのね、特別なのよ。私、ジェイコブと結婚するの。

クイニーが婚約指輪をニュートに見せる。ジェイコブはその瞬間を祝おうと立ち上がるが、ビールを自分の顔に浴びせる。

ジェイコブ　ジェイコブと結婚するの！

何が起こっているかはっきり分かったニュートが、クイニーをにらむ。

ニュート　（声のみ v.o）（頭の中で）ジェイコブに『魅惑の呪文』をかけたんだろう、え？

クイニー　（ニュートの心を読んで）え？　かけてないわ。

ニュート　心を読むのをやめてくれないか？

クイニー　（頭の中で）クイニー、来たくないジェイコブを連れてきたな。まあ、止めてよ、そんな人聞きの悪い。見て、この人幸せそうでしょ。とっても！

ニュート　（杖を取り出して）なら、僕がこうしてもかまわないだろう——

クイニー　止めて！

クイニーはパッと立ち上がって、ジェイコブの前に立ちふさがる。

ニュート クイニー、ジェイコブが結婚したいなら、何も心配はいらない。魔法を解いて、自分の口でそう言わせればいい。

辛い数秒間。クイニーがやっと脇によける。

ジェイコブ 何する気だ？ いったいそいつで何を？
ニュート サージト 目覚めよ

ジェイコブはバケツで冷水を浴びせられたような反応。われに返ってあたりを見回す。ニュートを見る。

ニュート 婚約おめでとう、ジェイコブ。
ジェイコブ え、何だって？

ニュートがクイニーを見る。

ジェイコブ　　おい、まさか……。

ジェイコブは、意に反して連れてこられたことに気づく。ゆっくりと立ち上がり、クイニーと向き合う。

クイニーはジェイコブの心を読む。すすり泣きながらスーツケースに駆け寄って、蓋を閉め（小物がいくつか落ちる。口紅、破れたはがきなど）、外に飛び出す。

ジェイコブ　　クイニー！
ニュート　　　（ニュートに）また会えてよかった。いったいここはどこだ？
ジェイコブ　　あ、あ、ロンドンだ。
ジェイコブ　　（葛藤しながら）ああ！　俺、ずっとロンドンに来てみたいと思ってた！
　　　　　　　（怒って）クイニー！

ジェイコブがクイニーの後を追う。

シーン37 屋外 ニュートの家のある通り──直後──夜

クイニーがニュートの家から飛び出し、泣きながら通りを歩いていく。ジェイコブが後を追って走る。カンカンに怒っている。

ジェイコブ クイニー、なあ、ハニー、聞きたいんだけど、いつ魔法を解くつもりだった？ 子供が五人できてからか？

クイニーがジェイコブに向き合う。

クイニー　あなたとの結婚を望んで、どこが悪いの？
ジェイコブ　いや——
クイニー　家族を持ちたいと思っちゃダメなの？　みんなと同じ望みなのよ、それだけ。
ジェイコブ　オーケー、待てよ。百万回も話し合ったろ。俺たちが結婚して、それがばれたら、君はぶち込まれる。ハニー、そんなことできない。俺みたいなのが君みたいな人と結婚するのを、連中は嫌がる。俺は魔法使いじゃない。俺はただの俺だ。
クイニー　ここはとても進歩的よ。私たちをちゃんと結婚させてくれるわ。
ジェイコブ　クイニーがそのあたり一帯を見る。
クイニー　そう？
ジェイコブ　そうさ。でも君にこんな無茶をさせるわけにはいかない、だろ？　なんで俺に、ほかのやり方を選ぶチャンスをくれなかったんだ。
クイニー　なあ、俺に惚れ呪文はいらない。もうベタ惚れだ！　君をものすごく愛してる。

ジェイコブ　あなたのせいで、私、こうするしかなかったわ。二人のどっちかが勇気を出さなきゃ。あなたが臆病だったから！　俺が臆病？　そんなら君は——

クイニー　——狂ってる！

クイニーがジェイコブの心を読む。

クイニー　そうは言わなかった……
ジェイコブ　口で言う必要なかったわ。
クイニー　いや、本気じゃなかった。
ジェイコブ　本気だったわ。
クイニー　ちがう。
ジェイコブ　ティナに会いに行くわ。

クイニーが反応する。ジェイコブはクイニーが「聞いた」ことを知る。

ジェイコブ　ああ、わかった、行けよ。

クイニー　行くわ。

クイニーが「姿くらまし」する。

ジェイコブ　待てよ！　クイニー、行くな！　本気じゃない。何にも言ってない。

しかし、ジェイコブは独りとりのこされる。

シーン38 屋内 ニュートの家──まもなく──夜

みじめな気持ちで、ニュートはふとはがきに目を留める。近づいて拾い上げ、杖を向ける。

ニュート　　パピルス・レパロ　紙よ　直れ

破(やぶ)れたはがきが元通りになる。パリの写真だ。はがきの文字がスクリーンに現(あらわ)れる。

ティナ　　（声のみ　v.o.）大切なクイニー　なんてきれいな街でしょう。あなたのことを考えています。
　　　　　　ティナ　×(キス)

シーン39 屋内 ニュートの家の地下飼育室――夜

カメラはニュートの家に入るジェイコブにズームする。ドアを押し開き、あたりをよく見回す。一時間も通りを探し回って、ぐっしょり濡れている。ニュートはどこにも見当たらない。

ジェイコブ　オイ、ニュート？

ニュート　（声のみ o.s.）下だよ、ジェイコブ。すぐ戻る。

ジェイコブは下に降りて囲い地をのぞき込み始める。ケルピーの棲み処の池のそばに、ニュートからバンティへのメモが置いてある。「バンティ、僕が帰るまで触らないで」。ジェイコブが先へと進む。

ジェイコブが通り過ぎるとき、オーグリーがジェイコブに向かって陰気に鳴く。

ジェイコブ　俺のほうにも問題があってね。

ニュート　（声のみ o.s.）ダメ、ダメ、ダメ、戻って。そう、待て、待て、待て。

オーグリーの鳥かごに貼られたメモ「バンティ――パトリックに餌をやるのを忘れないで」。人の動く気配を感じ、ジェイコブはそちらへと方向を変え、まどろんでいるグリフィンのそばを通り過ぎる。グリフィンの嘴に包帯が巻いてある。「バンティ、毎日包帯をとりかえてくれ」。

ニュートのカバンがニフラーの囲い地のそばに置いてある。カバンの蓋の内側に、ニュートが新聞から破ったティナの大きな動く写真がある。「ティナ、闇祓いに任命」

コートを着たニュートが、角を曲がって現れる。

ニュート　クイニーが絵はがきを忘れていった。ティナは、パリだ。クイニーを探してる。

ジェイコブ　そいつはいいや。クイニーはまっすぐティナのところに行くぞ。

（心が弾んで）フランスに行くぞ。ちょっと待て、上着を取ってくる。

ニュート　僕に任せて。

ニュートはもう天井に杖を向けている。ジェイコブのコート、帽子、カバンが、持ち主の目の前の床に落ちてくる。暖かい魔法の風を吹き付けられて、雨でぐっしょり濡れていたジェイコブの服が乾く。

ジェイコブ　（感心して）いいねえ。

二人はいなくなる。カメラは現れたメモにズームする。
「バンティへ、パリに行く。ニフラーたちを連れて行くよ。ニュート」

シーン40 屋外 パリ カシェ街——夜

晴れた星空。闇祓いに復帰したティナ・ゴールドスタインは、私的な任務を果たすために来ている。ニューヨークの時より、エレガントで自信に満ちているが、個人的な悲しみを抱えている。歩いていく先に、高い石の基台に据えられた、ローブ姿の女性のブロンズ像があり、マグルの格好をした魔女や魔法使いが、そこで姿を消していく。

シーン41　屋外　カシェ街　摩訶不思議サーカス——夜

ティナの周囲で、音楽、笑い声、話し声がどっと湧きあがる。サーカスの真っ最中だ。横断幕にかかれた宣伝文句「摩訶不思議サーカス　奇形や半端もの」。小テントは数張りあり、大テントが中央に立っている。

ティナが、テントの外で芸をする大道芸人たちを目で調べながら通り過ぎる。半トロールが怪力の芸当を見せている。姿かたちの半端な、ひどく虐げられた半人間たち——魔法族の血を引いていながら魔力を持たない下等生物——が、不格好に動き回りながら見物人からお金を集めている。半妖精や半小鬼が、角を帽子で隠したり、異様な目をフードで隠したりしてジャグリングや宙返りの芸を見せている。

見事な中国の魔法動物、ズーウー——巨大な猫のような生き物で、羽毛のようにふわふわした長い尾をもつ——は、檻に閉じ込められている。その頭上で花火がさく裂している。

シーン42 **屋内 摩訶不思議サーカスの奇形者のテント――夕方**

ナギニがトランクのそばに膝をついて、サーカス用のドレスをなでている。もうすぐショーに出なければならない。クリーデンスが急いで近寄ってくる。

クリーデンス　（小声で）ナギニ！

ナギニが振り向く。

ナギニ　　クリーデンス。

クリーデンス　クリーデンスが渡したメモを、さっと読んだナギニは、眉をよせる。

クリーデンス　（小声で）その女の居場所がわかった。

ナギニは顔を上げ、クリーデンスと目が合う。

クリーデンス　今夜逃げるんだ。

スケンダーがナギニのテントに入ってくる。

スケンダー　おい、おまえ、この女に近づくなと言っただろう——休憩してもいいとは言ってないぞ。河童の檻を掃除しろ。

スケンダーは、クリーデンスとナギニの間にあるカーテンを閉める。

スケンダー　（ナギニに向かって）おまえ、支度しろ！

クリーデンスが後ろを向いて、火竜(かりゅう)でいっぱいの檻(おり)を見上げる。

シーン43 屋内 摩訶不思議サーカス 大テント――夜

スケンダーが見物人の真ん中に置かれた円形の舞台/檻の前に立っている。酔っている見物人が多い。

スケンダー　さあて、奇形と半端者のショー、次に登場しますは――マレディクタス!

スケンダーが鞭をならし、檻を見る。蛇革の衣装を着た女性、ナギニが立っている。見物人の男たちが、口笛を吹いたりやじったりする。

スケンダー　インドネシアのジャングルで罠にかかったこの娘は、なんと、血の呪いを持って生まれた。

こういう下等生物は、やがて永久に別の姿に変わる運命だ。

ティナが見物客の後ろを回って、クリーデンスを探している。

同じテントの別の場所で、スーツを着込んだスマートなアフリカ系フランス人のユスフ・カーマが、スケンダーやナギニではなく見物人を見回して、誰かを探している。被っている中折れソフト帽のバンドに黒い羽根が付いている。

スケンダー　しかし、ご覧あれ、この美しさはどうです？　欲情をそそる……しかし、やがてこの娘は、永久に別の体に閉じ込められる。眠るとき……メダム　エ　メシュー……この娘は夜な夜な姿を変え——

何事も起こらない。見物客はスケンダーをやじり、ナギニは憎しみのこもった目でスケンダーを見る。

スケンダー　姿を変え……

ナギニが大テントの奥にいるクリーデンスと目を見かわす。

ティナにカメラ。ティナがクリーデンスを見つけて、目立たないように彼に近づこうとゆっくり移動し始める。

カーマにカメラ。カーマも同じ動きをする。

スケンダー　変身して……

スケンダーが檻の格子に鞭をくれる。ナギニは目を閉じる。ゆっくりと、ナギニが蛇のとぐろの中に消えていく。

スケンダー　やがてこの娘は元に戻れなくなる。蛇の体に一生囚われるのだ。

突然ナギニが、檻の格子を通してスケンダーを襲い、蛇語で叫ぶ。スケンダーは血を流しな

がら、くしゃくしゃになって倒れる。テントの奥では、クリーデンスが火竜の檻を叩き壊す。自由になった火竜は、花火のように舞い上がる。大テントに火が付く――パニック状態の見物人は悲鳴をあげながら出口に殺到し、折り重なって倒れる――

シーン44 屋外 摩訶不思議サーカス――夜

大テントが火事になる。その上空を、火竜が輪をかいて、火の粉をまき散らしながら飛び回る。動物たちは火におびえ、怒り狂って暴れる。後足で立ち上がったり、前のめりに突っ込んだりするヒッポグリフを、調教師たちがなんとか抑えようとしている。芸人たちが、そこここであわてて道具をまとめ、妖精たちは各々箱に入って隠れるが、その箱が折りたたまれて段々小さくなっていく。

ティナが「姿現し」して、杖の一振りで火を消す。

ズーウーの檻に火が付き、ガタガタと危険な揺れ方をし始める。檻の中のズーウーが吠え猛る。そして檻を突き破って飛び出す。象ほどもある猫のような怪獣で、体は五色の色、ニシキヘビほどの長い尾を持っている。ひどい虐待を受けていて、顔には傷痕、栄養失調でやせ、足を引きずっているが、

今は恐怖に駆られて狂暴になっている。

ティナが遠くにいるクリーデンスを見つける。

ティナ　クリーデンス！

ズーウーが、足を引きずりながらも全速力で闇に消えていく。スケンダーはもはや捕まえられないと見て、サーカスの雇い人たちを駆り立てるために走りだす。

スケンダー　荷物をまとめろ。パリとはもうおさらばだ。

スケンダーが杖をテントに向け、ハンカチぐらいの大きさに縮めてポケットに入れる。

ティナ　（スケンダーに近づきながら）マレディクタスと一緒にいた青年のこと、何か知ってますか？

スケンダー　（蔑むように）あいつは母親を探している。サーカスの半端なやつらはみん

な、家に帰れると思ってやがる。さあ、行くぞ。

スケンダーが飛び乗った馬車は、魔法でほんの数個に収まった檻や箱を乗せて、ガタゴトと夜に消えていく。

画面切り替え

ティナは、一瞬、だれもいない広場に一人取り残されたかに見えたが、気がつくとカーマが後ろに立っている。

シーン45　屋外　パリのカフェ——夜

ティナとカーマが、カフェの外のテーブルに座っている。ティナはカーマを胡散臭いと思っている。

ティナ　私たち、同じ目的であのサーカスにいたようですね、ムシュー…、お名前は？
カーマ　カーマ、ユスフ・カーマです。あなたのおっしゃる通りです。
ティナ　クリーデンスの何がお望みですか？
カーマ　あなたと同じです。
ティナ　と言うと？
カーマ　あの男が何者なのかをはっきりさせること。もし噂通りなら、あの若者と私は——遠縁だが——血がつながっています。私はさる純血の一族の最後の男子です……もし噂通りなら、彼も同じなのです。

ように、ティナの目の前にそれを差し出す。

カーマ　タイコ・ドドナスの予言の書を読んだことがおありでしょうね?

ティナ　ええ。でもそれは詩であって、証明ではないわ。

カーマ　もし、彼の素性を証明するもっとよい——具体的な——何かをあなたにお見せできたら、アメリカや欧州の魔法省は、彼を殺さないでくれるだろうか?

——間

ティナ　たぶん。

カーマ　（うなずく）それなら、来てください。

カーマが立ち上がり、ティナもそれに続く。

シーン46 屋内 グリンデルバルドの隠れ本部 客間――夜

グリンデルバルドが、どくろの形をした光る水ギセルを吸って、煙を吐き出す。アコライトたちが見つめる中、その煙は、黒く渦巻き赤い閃光を放つオブスキュラスの形になり、クリーデンスのイメージに変わっていく。

全員が興奮しているが、クロールだけは不機嫌だ。

グリンデルバルド　すると……クリーデンス・ベアボーンは、育ての母親に滅ぼされかけ、今度は生みの母を求めているのか。必死で家族を求めている。愛に飢えている

クロール　のだ。彼こそそれらが勝利の鍵だ。

グリンデルバルド　（クロールに）自分の意思で私のもとに来なければならないのだ。——あの子はそうする。

クロール　でも、こいつの居場所はわかっているではないですか？　とっ捕まえて、ここを離れましょう！

グリンデルバルドは、客間の中央に浮かんでいるクリーデンスの幻影をもう一度見つめる。

グリンデルバルド　レールは敷かれた。クリーデンスはその道をたどっている。その先に私がいる。そして彼の素性に関する、数奇な輝かしい真実が。

クロール　やつが何でそんなに大事なのですか？

グリンデルバルドが歩いていって、クロールと向き合う。

クロール　グリンデルバルド　我々の大義にとって、最大の脅威は誰だ？

アルバス・ダンブルドア。

グリンデルバルド　もし君に、彼の隠れているホグワーツに行ってやつを殺せと頼んだら、クロール、私のためにやってくれるか？（薄笑いを浮かべる）彼を殺せる唯一の生きた存在……それがクリーデンスだ。

クロール　本当にそう思われますか？　クリーデンスが、あの偉大なる——あのアルバス・ダンブルドアを殺せると？

グリンデルバルド　（ささやく）あいつならできる。その時に、クロール、君はわれらとともに見届けてくれるか？　どうかね？

シーン47 屋外 イギリス ドーバー海峡の白亜質の絶壁——夜明け

ニュートとジェイコブがカバンを下げてビーチー岬に向かって歩いている。ピケットがニュートの胸ポケットから顔を出し、あくびする。

ニュート　ジェイコブ、ティナが交際している相手だけど——

ジェイコブ　気にするな。ティナは君に会うし、また四人一緒になれる。ニューヨークの時みたいにな。心配するなって。

ニュート　ああ、だけど、そいつが闇祓いだって、クイニーがそう言った？ そいつのことは気にするな。

ジェイコブ　そう、闇祓いさ。だから何だって？ そいつのことは気にするな。

間。二人は歩き続ける。

ジェイコブ　ティナに会ったら、なんて言えばいいのかな？
ニュート　ああ、そうだな。そういうことは、前から決めておかない方がいい。いいか、その時に心に浮かんだことを言えばいいのさ。

間。歩き続ける二人。

ジェイコブ　（思い出すように）彼女の瞳は火トカゲ（サラマンダー）みたいだ。
ニュート　それは止（や）めとけ。

間。ジェイコブは、ニュートを助けてやらないとだめだと思う。

ジェイコブ　いいか、まず、会いたかった、と言え。いいな。それから、はるばるパリにやってきたってな。きっと喜ぶぞ。そして、彼女のことを考えて夜もろくろく眠（ねむ）れないって言え。火トカゲのことは何も言うな、いいか？
ニュート　うん。オーケー。
ジェイコブ　おい、おい、おい。大丈夫（だいじょうぶ）だって。俺（おれ）がついてる。助けてやるよ。一緒（いっしょ）に

ティナを見つけてやる。クイニーも見つけて、俺たちはまた仲良くやれる。昔みたいに。

　ジェイコブが、崖の端に、破れたローブを着た黒づくめの怪しげな人影を見つける。

ジェイコブ　ニュート、俺、船は苦手だ。
ニュート　なんだ、あいつは？　旅券なしに国外に出るには、あの男しかいない。ところで君、乗り物酔いしないよね？
ジェイコブ　なんだ、あいつは？
——間

ジェイコブ　ニュート、俺、船は苦手だ。
ニュート　大丈夫だよ。
ポートキー屋　ぐずぐずするな——あと一分で出航だ！

　ジェイコブは訳が分からず、乗り物を探してあたりを見回す。落ちているさびたバケツは無

視する。

ポートキー屋　50ガリオン。

ニュート　　　30ガリオンと言ったぞ。

ポートキー屋　フランスまで行くのに30。20は口止め料だ。ニュート・スキャマンダーが違法に国外に出るのを見たってことを、誰にも言わないためにな。

腹を立てながら、ニュートは支払う。

ポートキー屋　有名税だよ、あんた。
　　　　　　　（時計を確かめる。）十秒前。

ニュート　　　ほら、ジェイコブ。

ニュートはバケツのそばに立ち、ジェイコブに向かって手を差し出す。

ジェイコブ　ウワーッ！

二人は移動キー(ポートキー)に引っ張り込まれる。

画面切り替え

シーン48　屋外　カシェ街──日中

ニュートとジェイコブが曲がり角からあたりの様子をうかがっている。ローブを着た女性(じょせい)の

像の前にフランスの警官が立っている。ジェイコブは真っ青な顔で、汗をかいている。都合よく手元にあったバケツをつかんだままだ。

ジェイコブ　ニュート、あの移動キー（ポート）っていうやつ、気に入らなかった。

ニュート　（上の空で）そればっかり言ってるね。ついてきて。

ニュートが警官に杖を向ける。

ニュート　コンファンダス　錯乱せよ

警官が酔ったようにがくんとよろめき、目をしばたたいて頭をぶるっと振る。それからクスクス笑って、ゆっくりその場から離れていく。通りがかりの人に、帽子をちょっと上げてあいさつする。当惑顔の通行人。

ニュート　さあ、行こう。呪文は数分で切れる。

ニュートは、銅像を通ってパリの魔法界へとジェイコブを案内する。カバンを下に置き、杖を通りに向ける。

ニュート　アパレ・ヴェスティジウム　足跡　現れよ

追跡呪文が金色の渦となって現れ、広場で起こった最近の魔法行為の跡を照らし出す。

ニュート　アクシオ　ニフラー！　ニフラーよ　来い！

カバンがぱっと開いて、ニフラーが一匹飛び出す。

ニュート　探せ。

ニュートがカバンを踏み台にして、空中に現れた生物の形を調べる。一方、いまや訓練された成獣になったニフラーは、手がかりを嗅ぎ出そうとしている。

ニュート　これは河童だ。**日本の水の妖怪——**

ニフラーがかすかに光る足跡を嗅ぎまわっている。ティナがズーウーの前に立った場所を見つけたのだ。

ニュートがティナの幻影を見る。

ニュート　ティナ？　ティナ！
（ニフラーに）何を見つけたんだ？

ニュートはかがんで道路をなめる。

ジェイコブ　（あたりをちらりと見て）そして今度は地面をなめるときたか。

ニュートは杖を耳にあてて、恐ろしい吠え声を聞く。通りに杖を向ける。

ニュート　レベリオ　現れよ

ジェイコブも、ニュートの見ているものを見る。ほかの足跡をみんな覆ってしまう、鉤爪のある巨大な前足の跡だ。

ジェイコブ　（おおいに心配して）ニュート……こんな足跡、何がつけた？
ニュート　ズーウー、中国の動物だ。驚くほど速く、驚くほど強い。一日に千里を走る……パリなら、ある場所から別の場所まで、ひとっ飛びで連れて行ってくれる。

ニフラーが別の光る足跡を嗅ぎまわっている。ティナが立っていた別の場所だ。

ニュート　いい子だ。
（ひどく心配そうに）ジェイコブ、ティナはここに来たんだ。ここに立ってた。足の幅がこんなに細いって、君、気づいてた？
ジェイコブ　気づいてたとは言えないな。

ニュートはカーマの幻影を見る。

そして誰かが彼女に近づいた。

ニュートはカーマの帽子から落ちた羽根を指さし、臭いを嗅いで心配そうな顔をする。

ニュート　アベンジグイム　追跡せよ

羽根は羅針盤の針のようになり、行く手を示す。

ニュート　ジェイコブ、羽根を追うっと。
ジェイコブ　羽根を追うんだよ。
ニュート　え？
ジェイコブ　羽根を追うんだ。
ニュート　（ニフラーを探して）あいつはどこに行った？　ああ、あそこだ。

ああ、アクシオ　ニフラー

ニフラーが呪文で引き戻され、カバンに入る。ニュートはカバンを手にして駆け出す。

ジェイコブは抱えていたバケツを指す。

ニュート　　バケツは放せ！

ジェイコブはバケツを落として、ニュートを追う。バケツが消える。

シーン49　屋外　パリ――日中

俯瞰ショット

シーン50　屋外　ファステンバーグ広場
――朝

クイニーが広場の中央にある木立に近づく。咳をする。木立の木々の根が伸びあがり、クイニーを取り囲む鳥かごのエレ

ベーターになって地中に下りていく。

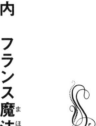

シーン51　屋内　フランス魔法省　受付階——朝

クイニーが降り立ったところは、美しいアール・ヌーボーのフランス魔法省。ドーム型の大天井には、天体図が描かれている。クイニーが受付に近づく。

受付　ビエンヴニュ　オ　ミニステール　デ　ザフェール　マジーク。
クイニー　すみません。今おっしゃったことが全く分からなくて——フランス魔法省にようこそ。
受付　フランス魔法省にようこそ。どういうご用件でしょうか？

クイニー 　（大きな声でゆっくり）ティナ・ゴールドスタインと話したいのです。アメリカの闇祓いで、ここで、（スーツケースを指しながら）ある事件に関わっていると——

受付嬢はファイルを数ページめくる。

受付 　ここにはティナ・ゴールドスタインという方はいません。

クイニー 　そんな……何かの間違いだわ。ねえ、ティナがパリにいることはわかっているの。絵はがきをくれたから。いま、お見せします。彼女を探す手伝いをしていただけるのでは？

クイニーがスーツケースを取り上げると、ケースの留め金が外れて蓋が開き、中のものがこぼれ出る。

クイニー 　ここにあるはずなの。ああ、どうしましょ！　ちょっと待って！　絶対に入れてきたもの。どこに行っちゃったのかしら？

受付嬢がいかにもフランス的に肩をすくめた時、気取った年配のレディが、クイニーの背後を通り過ぎていく。荷物を入れたショッピング・カートを引いている――カメラが彼女を追う。エレベーターに乗り込む――エレベーターの前でロジエールが待っている。ドアが閉まると、年配のレディはアバナシーの姿に戻り、カートの中の四角い荷物をロジエールに渡す……

シーン52 屋外 パリの裏通り――日中

クイニーが雨傘をさして、しょんぼりと通りに立っている。すると――ドキリとする――脇道から脇道へと急いでいるニュートとジェイコブの姿が見えた？

ジェイコブ　一休みして、コーヒーかなんか飲んで――
ニュート　ジェイコブ、あとにして。
ジェイコブ　ココアとかさ……なあ……いいだろ。
ニュート　こっちだ。さあ。
ジェイコブ　パン・オ・ショコラとか、クロワッサン半分とか、ボンボンなんかは？
ニュート　こっちだ。

クイニーは、ニュートとジェイコブを見つけようとして、あわてて小走りに走り出す。

カメラは、二人を探して、複雑に入り組んだ路地を次々に走るクイニーを追う。二人を追うのに集中しているクイニー――ジェイコブの心の声を「聞く」ことができる。

クイニー　（嬉しくて、声に出して呼ぶ）ジェイコブ！　ジェイコブ？

しかしジェイコブは見つからない。雨の中、疲れ切って孤独で、周りの人混みの考えが全部、

耳を覆いたくなる大騒音になって聞こえ、クイニーは道路の縁石に座り込む。

クイニーの肩にそっと触れる手。クイニーは振り返って笑いかけようとするが、知らない人だったので怪訝な表情になる。

ロジエール　マダム？　トゥ　ヴァ　ビアン（大丈夫ですか？）、マダム？

シーン53　屋外　鳥市場——同じ日の少しあと

クリーデンスとナギニが歩いて画面に入ってくる。あたりを見回す。クリーデンスが屋台の

前を通り過ぎながら鳥の餌(えさ)を盗(ぬす)む。

グリムソンが二人には気づかれないように見(み)張っている。

シーン54 **屋外 フィリップ・ロラン通り——その少しあと——日中**

クリーデンスとナギニが曲がり角から、遠くの「18番地」の建物をじっと見ている。屋根裏(やねうら)部屋に明かりがついていて、人影(ひとかげ)が横切っていく。

クリーデンス （怖気(おじけ)づいて）あの女(ひと)は家にいる。

ここまで来てはみたが、クリーデンスはその場から動けなくなる。どうしても先に進めない。

ナギニがクリーデンスの背中に張り付いたようになっている手を取る。

ナギニはクリーデンスを引っ張って道を横切る。

シーン55 屋外 フィリップ・ロラン通り18番地の裏――
直後――日中

中庭に面したドアが開いている。そこからすべり込(こ)んだ二人は、使用人通用廊下(ろうか)に出る。ナ

ギニの鼻の穴が膨らみ、すばやくあたりに目を配る。何かがおかしい。二人は階段に向かう。

シーン56 屋内 フィリップ・ロラン通り18番地 メイド部屋の外の踊り場——日中

クリーデンスとナギニは、踊り場に着く。ドアが半開きになっている。ランプの明かりで、縫物をしているらしい女性の影が見える。影が仕事の手を止める。ナギニは神経をとがらせて不安げに周囲を見回す。

アーマ　　（声のみ o.s.）キエラ？（誰なの？）

クリーデンスは動くことも話すこともできない。ナギニがそれに気づく。

ナギニ　セ　ヴォトル　フィス、マダム（マダム、あなたの息子さんですよ）。

ナギニがクリーデンスの手を取り、やさしく部屋の中に引き入れる。繕いが済んで洗濯したばかりの服が天井の棹に下がっている。女性の影が見える。ナギニは強い警戒信号を感じ取る。危険のにおいがする。影が立ち上がる。

アーマ　キ　エ　ヴ？（どちら様？）
クリーデンス　（恐る恐る小声で）あなたがアーマ？　あなたは⋯⋯アーマ・ドゥガードさんですか？

応えはない。二人は棹に掛かっている布をかき分けて女性に近づく。

クリーデンス　すみません。あなたの名前が、養子縁組の書類にありました。お分かりにな

　　　　りますか？　あなたが私を、ニューヨークのミセス・ベアボーンに預けた。

――間

最後の一枚の布を開けると、そこにアーマが立っている。半妖精、半人間だ。クリーデンスは困惑し、ひどく失望した表情を浮かべる。

アーマ　（クリーデンスに）あたしはあなたのお母さんではありません。小間使いでした。（微笑んで）あなたはとてもきれいな赤ちゃんでした。今は立派な若者ですね。あそこに置いていくのは辛かった。

戸口から三人をじっと見ているグリムソンにカメラ。

クリーデンス　私は望まれない子だったのですか？　どうしてあなたの名前が養子縁組の書類に？

アーマ　あたしが、あなたをミセス・ベアボーンのところにお連れしました。あの方

があなたの面倒を見るはずだったからです。

ナギニの恐怖感がますます強くなる。

棹に掛けられた布地の重なりの陰になった暗い壁にカメラ。

カモフラージュで完全に姿を隠していたグリムソンが、壁から姿を現し、杖を上げて死の呪文を放つ。呪文はシーツや衣類を突き抜け、くすぶる焦げ穴を残す。誰かが倒れる音。ナギニの悲鳴。クリーデンスの影が消えている。

まちがいなく仕留めたと確信してニヤリ笑いを浮かべながら、グリムソンが焦げた布を切り払ってやってくる。そこにいたのは──

アーマが事切れて床に倒れている。グリムソンのニヤリ笑いが薄れていき、天井を見上げる。

そこに、オブスキュラスが黒い煙のように渦巻いている。

電光石火、グリムソンは盾の呪文を放ち、自分とアーマの死体の周りをドームで囲む。

オブスキュラスが突っ込んでいき、盾の呪文を機関銃のように攻撃する。上昇しては形を整え、何度も突っ込むが、魔法の障壁は、震えこそすれ破れない。

怒りで今や膨張したオブスキュラスは、竜巻のように屋根裏部屋を突き破る。

グリムソンはオブスキュラスに向かってほくそえみ、また会おうと言うなり「姿くらまし」する。

壊れた屋根裏部屋の破片と入り混じったオブスキュラスが、急激にぴしゃりと縮んで、再びクリーデンスの姿が現れる。立ったまま小さな亡骸を見下ろしている。

シーン57　屋外　路地——午後

アーマを殺害したばかりのグリムソンが、セーヌ川の橋の下の、屋根付きの路地に立っている。グリンデルバルドが現れる。

グリムソン　女は死んだ。

グリンデルバルドが近づいて、二人が向かいあったところで立ち止まる。

グリンデルバルド　あの子はどうだった？
グリムソン　（肩をすくめて）あいつは繊細ですな。私が仕留め損ねたと知ったら、魔法省は気に入らないだろう。私の評判を知って依頼したのだから。
グリンデルバルド　いいか、臆病者の非難は、勇気ある者への賞賛だと思え。魔法族が世界を支配するとき、君の名前は栄光に輝く。その時は急速に近づいている。クリーデンスを見張って、安全に守れ。より大きな善のために。

グリムソン　より大きな善のために。

シーン58　屋外　パリのカフェ——夕方

恋人たちが一組、コーヒーを飲んでいる。ニュートはカフェを出ていく男を一人一人観察し、ガラス容器に入れた羽根の反応を見ている。ジェイコブは恋人たちをじっと見ている。

ジェイコブ　あのなあ、俺、クイニーのどこが恋しいと思う？　なにもかもさ。頭にくるようなことでさえ好きだ。例えば心を読まれるとか……
（ジェイコブはニュートが無関心なのに気づく）……彼女みたいな人が、俺

の頭の中まで興味を持ってくれるなんて、俺はラッキーだ。わかるか？

——間

ニュート
ジェイコブ
ニュート

絶対だ。羽根がそう言ってる。
俺はな、探してるやつが確かにここにいるのかって聞いてたんだよ。
え、なに？

シーン59　屋内　パリのカフェ　トイレ――夕方

カフェの狭いトイレ。カーマが鏡をのぞき込んでいる。突然カーマの顔が痙攣する。手を上げて、首を振りながら片目をこする。手を放して鏡をのぞき込む。カメラが寄る。目の端に小さな触手が見える。カーマは苦痛で小さく悲鳴をあげ、スーツのポケットを探って、明るい緑の液体が入った小瓶を取り出し、スポイトで目に注す。

触手が引っ込むとき、痛みでもう一度声をあげる。鏡を見る。正常に見える。カーマは帽子をかぶり、トイレを出る。

シーン60　屋内　パリのカフェ——夕方

カーマがカフェを出ていく。羽根が彼を指す。ニュートが羽根を放してやると、カーマの帽子に飛んでいく。

ジェイコブ　あいつか、探してるやつは？
ニュート　そうだ。

ニュートとジェイコブが勢いよく立ち上がって、カーマの前に立つ。

ニュート　（カーマに）アーーボンジュール。ボンジュール、ムシュー。

カーマはニュートを無視して歩き続けようとする。

ニュート　待って。あ、すみません。僕たち……もしや僕たちの友人を見かけませんで

ジェイコブ　したか？

カーマ　　　ティナ・ゴールドスタイン。

ニュート　　ムシュー、パリは大きな都市ですよ。

カーマ　　　その人は闇祓いです。闇祓いが行方不明になると、魔法省が乗り出します。ですから……いや、むしろ、彼女の失踪届を出した方がいいかもしれない

ジェイコブ　（意を決して）背の高い？　焦げ茶色の髪？　かなり——

ニュート　　激しい？

ジェイコブ　——美しい——

ニュート　　（ニュートの視線を受け止めて、あわてて）そう、そう言うつもりだった——とても——美しい——

カーマ　　　それに、激しい。

ニュート　　昨夜そういう人を見かけたように思う。その場所にお連れしましょうか？

カーマ　　　よろしければ、ぜひお願いします。

ニュート　　いいとも。

シーン61 屋内 カーマの隠れ家——夕方

カーマの隠れ家。中は真っ暗だ。水がしたたり落ちる音。細く射し込む日の光が、コートを着たまま床でまどろんでいるティナの姿を見せる。

ニュート　ティナ？

ティナが目を覚ます。ニュートとティナが一瞬見つめあう。この一年、二人とも毎日お互いのことを思い続けていた。そこにカーマの姿は見えず、ティナはニュートに救出されたかのように見える。

ティナ　（大喜びで、まだ信じられず）ニュート！

ティナは、その背後に、杖を構えたカーマが入ってくるのに気づく。ティナの顔色が変わる。

カーマ　エクスペリアームス！　武器よ去れ！

ニュートの杖が飛び出してカーマの手に収まる。ドアの周囲から鉄格子が伸びてきて、三人を閉じ込める。

カーマ　（ドア越しに）すみませんね、ミスター・スキャマンダー！　クリーデンスが死んで私が戻ってきたら、出してやろう！

ティナ　カーマ、待って！

カーマ　彼が死ぬか……私が死ぬかだ。

カーマがぱっと目を押さえる。

カーマ　あ、あ、あ、あ。だめだ、あ、あ。

カーマがぴくぴく痙攣して、ずるずると床に倒れる。意識がない。

ニュート　うーん、救出するつもりにしては、まずいスタートだ。

ティナ　救出ですって？　たった一人の手がかりを失ってしまったわ。

ジェイコブがドアにとびかかり、壊そうとする。

ニュート　（いたずらっぽく）僕たちが来るまでは、尋問はどうだったの？

ティナはニュートをにらみ、地下道の奥にどんどん歩いていく。

だれにも気づかれずにニュートのポケットから飛び出したピケットが、鍵を開ける。鉄格子がギーッと開く。

ジェイコブ　ニュート！
ニュート　ピック、よくやった。
ティナ　（ティナに）この男に用があるって？

　ええ、スキャマンダーさん、この男がクリーデンスの居場所を知っていると思うの。

ニュート　ああ、きっとズーウーだ。

　ニュートは杖をつかんで「姿くらまし」する。

　二人が、気を失ったカーマをのぞき込んだ時、どこか上の方から、大地を揺るがすような咆哮が聞こえる。二人は顔を見合わせる。

シーン62　屋外　パリの橋──夜

橋の真ん中に、おびえ、凶暴になったズーウーがいる。ひどく傷つき、通行人につかみかかろうとしていないが、通行人は悲鳴をあげてその場から走ることができて逃げ、車はキーッと急停車する。

カバンを下げたニュートが、橋の真ん中、ズーウーから五十メートルほど離れたところに「姿現し」する。すぐ後から、ティナがジェイコブの腕をつかんで「姿現し」する。ジェイコブは、気を失ったカーマを橋の上に横たえている。

ジェイコブ　（大声で）ニュート、そこから離れろ！

ニュートはゆっくりとかがんでカバンを開ける。ズーウーはうなりながら、身を伏せてニュートの方に進み始める。

ズーウーを刺激しないように、ゆっくりと、ニュートがカバンに腕を突っ込んで何かを探す。ズーウーが近づく。牙をむき出している。

思ったよりも時間がかかる。顔をしかめて、ニュートはもっと深くまで探る。

ニュートが探していたものを見つける。腕を上げる。紐のついた棒の先に、ふわふわのおもちゃの鳥が付いている。

間。ズーウーの目が鳥を追いかけ始める。

ズーウーの尾がピクリと動く。さらに低く身を伏せる。そして、突然跳び上がり、空を切ってニュートの方に飛んでくる。見物人が悲鳴をあげる——ニュートは間違いなく押しつぶされるだろう——

しかし、最後の瞬間、ニュートは鳥をカバンの中に落とす。ズーウーは、ニシキヘビほどの尾をはたはたさせながら、虹色の閃光となって鳥を追いかける——**バタン**——ニュートがカバ

ンの蓋を閉める。

見物人たちが歓声をあげる。サイレンが聞こえ、警察の車が橋に近づく。ニュートのポケットからフラメルの名刺が舞い上がる。

ティナと、カーマに寄り添っていたジェイコブが、ニュートとともに「姿くらまし」する。

シーン63 屋外 ホグワーツ―日中

闇祓い一行の不吉な行列が、ホグワーツ城に向かって行進していく。テセウスとリタの姿も見える。

カメラは上階の窓にズームする。生徒たちが小突きあいながら、外来者を見下ろしている。

闇祓い一行が学校に入る。

シーン64　屋内　闇の魔術に対する防衛術の教室──日中

ダンブルドアが教えている。教室の真ん中の場所が空いていて、生徒たちがショーを楽しんでいる。大柄な男子——マクラーゲン——が、攻撃に対して身構えている。ロープは埃だらけで、ネクタイの結び目が耳のあたりにずれている。マクラーゲンとダンブルドアが円を描くようにお互いに回り込んですきを狙っている。

ダンブルドア　前の授業で君の犯した三つのミスはなにかね？
マクラーゲン　はい、不意打ちでやられました。
ダンブルドア　ほかには？
マクラーゲン　攻撃をかわさないうちに反対呪文をかけてしまいました。
ダンブルドア　よくできた。最後の一つ……一番大事なものは？

マクラーゲンは、視線をそらして考える。ダンブルドアがそのすきに攻撃する。マクラーゲ

ンが吹っ飛び、ダンブルドアが創り出したソファにいったん落ちてから、床に滑り落ちる。

ダンブルドア 最初の二つのミスから学ばなかった、というミスだ。

若き日のミネルバ・マクゴナガルが抗議しながら一緒に入ってくる。

クラス中が笑う。ドアが開き、トラバース、テセウス、そのほか四人の闇祓いが入ってくる。

マクゴナガル ここは学校です。あなた方には何の権利も――
トラバース 私は魔法法執行部の長だ。どこにでも行く権利がある。
（生徒に向かって）出ていけ。

生徒たちは動かない。

ダンブルドア （生徒たちに）マクゴナガル先生と一緒に行きなさい。

好奇心や警戒心を抱いて、生徒たちが一列で出ていく。マクラーゲンが列の最後だ。

マクラーゲン　（トラバースに）この先生は、今までで最高の教師だ。

ダンブルドア　ありがとう、マクラーゲン。

トラバース　出ていけ！

マクゴナガル　来なさい、マクラーゲン。

ドアが閉(し)まる。

トラバース　ニュート・スキャマンダーがパリにいる。

ダンブルドア　そうですか？

トラバース　知らぬふりはよせ。君の命令で行ったことはわかっている。

ダンブルドア　彼(かれ)を教える楽しさを知る者だったら、ニュートが命令に従(したが)う玉ではないことがわかるだろうに。

トラバースがダンブルドアに小さな本を放ってよこす。ダンブルドアが片手(かたて)で受ける。

トラバース　（本を指しながら）タイコ・ドドナスの予言の書を読んだことがあるだろうな？

ダンブルドア　だいぶ昔に。

トラバース　（読み上げる）「無残に捨てられし息子、悲嘆にくれる娘　戻れ──」

ダンブルドア　ああ、それは知っている。

トラバース　この予言が、オブスキュラスを生む者、オブスキュリアル、のことだという噂がある。グリンデルバルドが望むのは──

ダンブルドア　──一人の高貴な生まれの手下。そういう噂は聞いた。

トラバース　にもかかわらず、あのオブスキュリアルあるところには必ずスキャマンダーが現れ、彼を護ろうとする。一方君は、国外に相当な人脈を築き上げた。

ダンブルドア　（静かに、しかし頑として）トラバース、いつまで私や私の友人を監視しても、あなたに対する反乱計画など見つかりはしない。なぜなら、われわれの望みは同じ、グリンデルバルドの打倒だ。ただし、警告しておく。あなたの抑圧的なやり方は、やつの支持者を増やすだけだ──

トラバース　君の警告など興味はない！（自分を制して）これを言うのは口惜しいのだが、なぜなら——まあ、君が嫌いなんでね。

トラバースとダンブルドアの二人とも、笑いを漏らす。

トラバース　しかし……やっと互角な魔法使いは君だけだ。君にやつと戦ってほしい。

間。闇祓いたちが見つめる。

ダンブルドア　できない。
トラバース　このせいか？

トラバースの呪文で、十代のダンブルドアとグリンデルバルドの映像が現れる。闇祓いたちがショックを受ける。

十代のダンブルドアとグリンデルバルドはしっかりと見つめあう。

ダンブルドア　二人は兄弟のように親しかった。

トラバース　兄弟以上だった。

ダンブルドアが映像を見ている。苦しい記憶だ。ダンブルドアは後悔でいっぱいだが、もっと苦しいのは、人生の中でただ一度、自分が完全に理解されていると感じた時を懐かしむ気持ちだ。

トラバース　やっと戦う気はあるか？

ダンブルドア　（苦しげに）戦えない。

トラバース　ならば、君はどちら側につくか、立ち位置を選んだ。

トラバースが杖をもう一度軽く振る。太い金属の手錠——戒め錠——が現れてダンブルドアの両手首に掛かる。

トラバース　今後君の掛ける呪文を、私がすべて掌握する。君の監視を強化する。そして、君にはもう闇の魔術に対する防衛術を教えさせない。

（テセウスに）リタはどこだ？　パリに行かねばならん！

トラバースが荒々しく出ていく。闇祓いたちが後に続く。テセウスが最後だ。

ダンブルドア　（静かに）テセウス。

テセウスが振り返る。

ダンブルドア　テセウス、グリンデルバルドが集会を呼び掛けたら、トラバースに君をそこに送り込ませるな。君がかつて私を信じていたことがあるのなら——

トラバース　（声のみ o.s.）テセウス！

テセウスが去る。

シーン65 屋内 人気のないホグワーツの廊下——日中

午後の遅い時間の太陽が、窓から廊下に射し込んでいる。思い出だけが詰まっている誰もいない廊下を、リタが歩いていく。開いているドアの前で立ち止まる。

大広間が、空中に浮かぶろうそくで照らされている。

シーン66　屋内　空っぽの教室——日中

リタがゆっくりと教室に入り、廊下を振り返る。そして——

次の画面にオーバーラップ

シーン67　屋内　空っぽの教室——十七年前——午前中

13歳のリタが隠れている空の教室の前を、マントを着た生徒たちが、ふくろうを連れて、ト

ランクを載せたカートを押しながら通り過ぎていく。冬学期の最後の日で、生徒たちはほとんど全員、帰宅するところだ。

荷物を押している13歳のグリフィンドール寮の女子生徒たちにカメラを向ける。

グリフィンドール女子1 ねえ、彼女、休暇にはいつも学校に残るわ。家族があの子に家にいてほしくないのよ。

グリフィンドール女子2 無理もないわ。あんなやな子だもの。レストレンジって聞いただけで気持ちが悪くなるわ。

リタが女子生徒たちの前に飛び出し、杖を向ける。

13歳のリタ　オスコーシ！　口消えよ！

グリフィンドール女子2の口が、ぴったり閉じて、口がなくなったように見える。勝ち誇ったリタが、ショックをうけている生徒たちを押しのけてその場から逃げ出す。

グリフィンドール女子1　（叫ぶ）マクゴナガル先生！　レストレンジがまた悪さを！

マクゴナガル　（声のみ o.s.）マクゴナガル先生！　レストレンジ、お待ちなさい！　レストレンジ！　言うことを聞かない子だ。止まりなさい！　スリザリンは減点です。100点！　200点減点！　戻りなさい！　すぐに！　止まれ！　止まりなさい！　やめなさい！　ここに戻りなさい！

マクゴナガルがグリフィンドール女子2の呪文を解いて、口がきけるようにする。

グリフィンドール女子2　先生、またレストレンジです。最悪――

マクゴナガルがその女子生徒2の口を呪文で閉じて黙らせる。

曲がり角を全速力で駆けていくリタにカメラ。

脇のドアをこじ開け、中に飛び込む。

シーン68 屋内 ホグワーツの物置――十七年前――

午前中

13歳のリタが、ぴしゃりと閉めたドアに耳をつけて立っている。走る音や遠くで叫ぶ声が聞こえる。突然背後から物音が聞こえ、リタは飛び上がって振り返る。

13歳のニュートが物置の先客だった。水槽を二つ物置に隠していて、一つにはオタマジャクシ、もう一つにはストリーラー（色の変化する巨大なかたつむり）が入っている。段ボール箱に布を敷き、そっと抱いている大ガラスの雛の巣にしている。大ガラスの折れた足に添え木がしてある。ニュートとリタが見つめあう。

13歳のニュート　スキャマンダー、どうして荷造りしないの？

13歳のリタ　家には帰らない。

13歳のニュート　どうして？

13歳のリタ　（大ガラスのこと）この子には僕が必要だ。ケガしてる。

リタはタンクを見る。それから醜い子ガラスを見る。ニュートが餌のミミズをやっている。

13歳のリタ　　それ、なあに？

13歳のニュート　　大ガラスの子。

リタは少し興味を持つ。

13歳のリタ　　大ガラスは私の家の紋章よ。

リタはニュートがカラスの雛の頭をなでるのを見ている。ニュートがそっとカラスをリタの手に乗せた時、リタは初めてニュートをまともに見る。

次のシーンにオーバーラップ

シーン69 屋内 闇の魔術に対する防衛術の教室――十四年前――日中

まね妖怪、ボガートの授業。ダンブルドアが、並んで戦いを挑んでいる十代の生徒たちを指導している。「リディクラス」――「ばかばかしい」――サメが浮き輪になったり、ゾンビの頭がカボチャになったり、バンパイアが出っ歯のウサギになったりするたびに、大はしゃぎの生徒たち。

ダンブルドア　よーし、ニュート。勇気を出せ。

16歳のニュートが列の先頭に出る。ボガートが魔法省の机に変わる。

ダンブルドア　ウーム、これは珍しい。スキャマンダー君がこの世で何よりも怖いのは何かね？

16歳のニュート　事務所で仕事をすることです。

クラス全員が大笑いする。

ダンブルドア　ニュート、行け。
16歳のニュート　リディクラス！

ニュートは、机を、跳びはねる木製のドラゴンに変えて脇に退く。

ダンブルドア　よくできた。

16歳のリタの番がくるが、リタは動かない。怯えている。

ダンブルドア　(優しく、リタに) リタ、ただのまね妖怪(ボガート)だ。君を傷つけはしない。誰にでも怖いものはある。

女子生徒が固まって立っている。リタが怖がるのを面白がっている。

グリフィンドール女子1　わたし、この時を待ってたわ。

リタが進み出る。ボガートが変身したとたん、笑い声がすべて消える。緑の光がクラス全員の恐怖の表情を照らす。

こどもの小さな手の影が見える。リタはすすり泣きながら教室から走り去る。

シーン70 屋外 ホグワーツの湖 ボウトラックルの島 ——十四年前—— 夕方

目を泣きはらして湖のそばに座っているリタを、ニュートが見つける。二人は目を合わせる。

ニュートが手を差し伸べてリタを立たせる。リタの手を引いて、何本かの木の前を通り過ぎ、ボウトラックルが木登りをしたり、けんかしたり、遊んだりしている木の前に来る。人間の近づく気配で、ボウトラックルはピタリと動きを止めるが、ニュートだとわかって安心する。ニュートが指を差し出すと、一匹がそれに飛び乗る。

16歳のリタ　何も話したくないわ！

16歳のニュート　こいつらは僕を知ってるんだ、じゃなきゃ隠れる。杖を作れる木にしか巣を作らないんだ。知ってた？

（間）

それに、とても複雑な社会生活をしている。長く見ていればわかるけど……

ニュートのことばが途切れて消える。リタはボウトラックルを手首に乗せたニュートが見つめている。ニュートの手がリタの手にかすかに触れる。

ダンブルドア　（声のみ v.o.）やあ、リタ。

次のシーンにオーバーラップ

シーン71　屋内　ホグワーツの空の教室――午後

現在の教室で、リタが、昔の自分の机に座っている。ダンブルドアが入ってくる。

ダンブルドア　これは驚いた。

リタ　（冷たく）私が教室にいるからですか？　私はそんなに悪い生徒だったのかしら？

ダンブルドア　それどころか、私の生徒の中で一番優秀な一人だった。悪い生徒とできの悪い生徒はちがうわ。答えは要りません。先生が私を嫌っていたことはわかっています。

リタ　さて、それは違う。私は君が悪い子だと思ったことはない。

ダンブルドア　それじゃ、先生は唯一の人ですわ。ほかの人はみんなそう思っていた。

リタ　（ひっそりと）その通りだった。私は性悪でした。

間。ダンブルドアがリタを観察する。

ダンブルドア　リタ、弟のコーヴァスのうわさがどんなにつらいか、わかるよ。

リタ　いいえ、おわかりにならないわ。弟がいて、その弟が死んでいればべつですけど。

ダンブルドア　私の場合は妹だった。

リタが怒りと好奇心の混じった目でダンブルドアを見つめる。

ダンブルドア　愛していましたか？
リタ　もっと愛するべきだった。

ダンブルドアがリタに近寄る。

ダンブルドア　自分を解放するのに遅すぎるということはない。告白は救済だと言われている。重荷が軽くなる。

ダンブルドア　（小声でs.v.）私は後悔を道連れにしてきた。君はそうならないように。

リタがダンブルドアを見つめる。この人は何を知っているのか——疑っているのか？

シーン72　**屋内　グリンデルバルドの隠れ本部　客間——日暮れ時**

クイニーがソファにかけている。そばのテーブルに紅茶とケーキ。クイニーが空になったティーカップを置く。ロジエールが絶え間なく紅茶を注ぎ足すので、クイニーがやや気まずい思いをしているのがわかる。

クイニー　あ、もう結構です。とてもご親切にしていただいて、でも、姉がきっと死ぬほど心配して探していると思います。あちこちの家の戸をバンバン叩いて、とか。ですからもうお暇します。

ロジエール　でもまだこの館の主人に会っていらっしゃらないわ。

クイニー　（少しせつなげに）まあ、結婚していらっしゃるの?

ロジエール　（微笑みながら）そうね……深くかかわっていますわ。

クイニー　（皮肉でなく）あの、わからないわ。冗談なのか、それともあなたが……フランス流だからなのか。

ロジエールは笑い声をあげて部屋から出ていく。クイニーは訳が分からない。魔法のかかったティーポットが宙に浮き、ティーカップに紅茶を注ぎたくてクイニーを小突く。

クイニー　（ティーポットに）ヘイ、止めてよ。

ドアが開いて、グリンデルバルドが入ってくる。クイニーが立ち上がり、ティーカップは床

に落ちて割れる。クイニーが杖を出してグリンデルバルドを狙う。

クイニー　近寄らないで。あなたが誰だか知ってるわ。

グリンデルバルドがゆっくりとクイニーに近づく。

グリンデルバルド　クイニー、君を傷つけるつもりはない。助けたいだけだ。君は今、故郷から遠く離れてしまった。愛するすべての者から離れ、安らげるものからすべて離れて。

クイニーは杖を上げたまま目を見張る。

グリンデルバルド　君が傷つくのを見たくない。姉さんが闇祓いなのは、君のせいではない。君が私とともに、新しい世界を作るようになって欲しい。我々魔法使いが、自由に、公然と生き、自由に愛することのできる世界を。

グリンデルバルドがクイニーの杖の先に触れ、杖を下ろさせる。

グリンデルバルド　君は無垢な人だ。行きたまえ。この家から出て。

シーン73 ―― 屋内 ホグワーツ 必要の部屋 ―― 夜

質素な部屋。黒いベルベットに覆われた大きなものが、壁に立てかけてある。ダンブルドアは立ったまま考えているが、やがてそれに近づいて覆いを引きおろす。

「みぞの鏡」が現れる。もう何年もこの鏡を見ていない。気を奮い立たせて、今、鏡を見る。

十代のダンブルドアとグリンデルバルドが、納屋で向き合っている。二人とも杖で手のひらに刻み目をつける。血の出ている手のひらを握り合う……

ダンブルドアは鏡を覆いたくなる衝動と戦いながら顔をそむける。

勇気を奮い起こして、ダンブルドアが目を上げる。

二人の血まみれの手のひらから、鮮やかな血が二滴立ち昇り、交じり合って一つになる。その周りに金属の何かが現れ、だんだん形がはっきりして、細部ができあがる。グリンデルバルドの小瓶だ。

イメージが薄れて、黒い背景に囲まれた現在のグリンデルバルドが、鏡の中から微笑みかけている。

シーン74 屋外 パリ モントモレンシー通り——午後

ニコラス・フラメルの家の 俯瞰ショット

シーン75 屋内 フラメルの家——午後

薄気味(うすきみ)の悪い、中世の古い家の客間。幾枚(いくまい)ものタペストリーの中で、数字やルーン文字が動いている。隅(すみ)に置いてある大きな水晶玉(すいしょうだま)の中には、黒雲が見える。ティナは気付け薬の瓶(びん)で、

カーマを目覚めさせようとしている。カーマがわずかに身動きする。タイコ・ドドナスの予言の書がポケットから床に滑り落ちる。ティナが拾い上げて、カーマが下線を引いた予言のページを開く。

ニュートのカバンが、開けられたままテーブルに置いてある。中からズーウーの吠(ほ)え声がする。ティナは振り返ってカバンを見、耳を傾(かたむ)けてその声をじっと聞く。

シーン76 屋内 ニュートのカバン ズーウーの囲い地――午後

荒涼とした中国の棲息地。ズーウーに転がされて、ニュートはびっしり生えた下草の中で丸くなっている。ズーウーがニュートを拾い上げて前足の爪でぶら下げる。

シーン77 屋内 フラメルの家――午後

ジェイコブが入ってきて、カバンをじっと見ているティナを見る。

ティナは大急ぎで視線を本に戻す。

ジェイコブ （カバンの中に呼び掛ける）オーイ、ニュート。ティナはここだ。一人で寂しそうだ。上がってきて相手してやれば？

（間）

ずっと食い物を探してたんだが、何にも見つからない。上に行けば何かあるかもしれない——そうだな——屋根裏にでも！

シーン78　屋内　ニュートのカバン　ズーウーの囲い地――午後

ズーウーの前足の爪にぶら下がったままで、ニュートはこの雌のズーウーをなだめたりすかしたりして、なんとかハーネスを外してやろうとする。やっと鎖が外れ、ズーウーは自由になる。

ニュート　レラシオ 解放せよ
　　　　　これで大丈夫だ。

ジェイコブ　（声のみ o.s.）じゃあな！

シーン79 屋内 フラメルの家──午後

ジェイコブがその場を離れようとした時、ニュートがカバンの中を登って外に出てくる。

ニュート　あの雌のズーウーにはハナハッカがよく効いた。走るのは本能だからね。たぶん自信を無くしてるだけだ──

ニュートがティナをちらりと見る。ティナはタイコ・ドドナスの予言書をポケットに入れ、ニュートの方をまともに見ないで話しかける。

ティナ　スキャマンダーさん、この人を目覚めさせる薬を持っていませんか？　聞きたいことがあるので。クリーデンスが何者なのかを知っていると思うし。この手の傷はおそらく「破れぬ誓い」──

ニュート　（熱っぽく、ティナの言葉に被せて）──「破れぬ誓い」。うん、僕もそれに気づいた──

二人は意識のないカーマを調べる。

ニュート　ルーモス　光よ

ニュートが杖先の灯りを近づけて、カーマの目を見ようとしたとき、ニュートとティナの手が触れ合う。二人ともびくっとする。ニュートがカーマの目をのぞき込む。小さな触手がちらっと現れてたちまち引っ込む――

ティナ　（息を飲む）あれは何？

ニュート　（深刻な口調）下水に水竜がいるに違いない――水竜にこういう寄生虫がついているんだ。こいつらは……ジェイコブ？

ジェイコブ　なんだ？

ニュート　僕のカバンのポケットに、ピンセットがある。

ジェイコブ　ピンセット？

ニュート　細くて尖ってて――

ティナ　細くて小さくて尖ってるもの。

ジェイコブ　ああ、ピンセットがなんだかは知ってるよ。

ニュート　（ティナに）君は見ないほうがいいかも……

ティナ　平気だわ。

ニュートが首尾よく触手を捕まえて、カーマの目から引っ張り出す。

ニュート　ほうら出てこい、大丈夫だよ。ジェイコブ、これ持っててくれる？

ニュートは、ひょろりとしたミズグモのようなものを引っ張り出し、ジェイコブに渡す。

ジェイコブ　オエ！　食えねえカラマーリだな。

カーマ　やつを殺さねば……

カーマがなにかぶつぶつ言い始める。意識がはっきりせず、混乱している。

ティナ 誰のこと？ クリーデンス？ 誰なの？
ニュート 回復まで数時間かかるかもしれない。この寄生虫はとても毒性が強い。魔法省に行って、わかったことを報告しないと。
ティナ (声がかすかに震えている)お会いできてよかったわ、スキャマンダーさん。

ティナは勢いよく部屋から出ていく。当惑して動揺しているニュートを残して。

シーン80 屋内 フラメルの家 玄関ホール──午後

ジェイコブが玄関ホールまでティナを追いかける。

ジェイコブ　おーい、ちょっと待てよ。なあ、待ってったら！　ティナ！

ティナは行ってしまう。玄関のドアが閉まった時、ニュートが客間のドアに現れる。

ジェイコブ　（きっぱりと）なら、追っかけろ！
ニュート　（ニュートに）サラマンダーの目のこと、言ってないだろうな。
ジェイコブ　言ってない、あの人、ただ——行っちゃった。なにがなんだか……

ニュートはカバンをつかむ。出ていく。

シーン81　屋外　モントモレンシー通り──日暮れ時

ティナが急ぎ足で歩いていく。ニュートが急いで追いつく。

ニュート　ティナ、話を聞いてくれ──
ティナ　スキャマンダーさん、私、魔法省に話をしに行かないと。あなたが闇祓いのことをどう思っているか知ってるわ──
ニュート　君への手紙に書いたこと、少し言葉が過ぎたかもしれない──
ティナ　正確にどう言ったかしら？　出世第一の偽善者の集まり？
ニュート　悪いけど、自分が怖いものとか誤解しているものに対して、「殺せ！」としか言えない連中は尊敬できない。
ティナ　私も闇祓いだけど、そんなこと言わないで──
ニュート　そう。それは君が真ん中の頭になってるからだ！
ティナ　（立ち止まって）え？
ニュート　三つ頭の蛇、ルーンスプールから出た表現なんだ。真ん中の頭は夢想家だ。

欧州の闇祓いはみんな、クリーデンスを殺そうとしている——君以外は。君は真ん中頭になってるんだ。

——間

ティナ　スキャマンダーさん、その言い方、他に誰か使うの？

ニュートは考える。

ニュート　僕だけかもしれない。

明かりが全部消え、すべての建物が黒い帳のようなもので包まれる。

マグルたちは全く気づかずに通り過ぎるが、近くを歩いている赤毛の若い魔女には、ニュートやティナと同じように、帳が見えている。

ティナが道の真ん中に進み出て、空から降りてくる黒い絹が、周りの建物を闇に包み込むのを見ている。

ティナ　グリンデルバルドだわ。信奉者を招集してる。

カメラはパン・アップして、流れ落ちる黒い布の一枚を追い、パリの空撮になる。パリ全体がグリンデルバルドの黒い帳で覆われている。

シーン82 屋外 魔法界のカフェ——日暮れ時

魔法使いや魔女が急いで外に出て、マグルの通行人には見えないものを見ている。

シーン83 屋外 パリの街角——日暮れ時

クイニーが一番近くの黒い布に触れると、そこに白い大ガラスの紋章が現れる。

シーン84 ファステンバーグ広場——日暮れ時

ニュートはまだティナを追いかけている。壮大に広がるグリンデルバルドの帳が、二人を取り囲んでいる。

ニュート　もう遅いわ。グリンデルバルドがクリーデンスを追ってきた。もう捕まえたかもしれない。

ニュート　（突然力強く）まだ間に合う。僕たちが先に彼を見つけられる。

ニュートはティナの手を取って引っ張っていく。

ティナ　どこへ行くの？
ニュート　フランス魔法省。
ティナ　そんなところ、クリーデンスは絶対行かないわ！
ニュート　魔法省の金庫に箱が隠されている。クリーデンスが何者かを教えてくれる箱だ。
ティナ　箱？　いったい何の話？
ニュート　僕を信じて。

シーン85 屋外 持ち主のいない廃屋 屋上——午後の遅い時間

クリーデンスが鳥の餌を細かくして、小さな雛に餌をやっている。ナギニがその背後に現れる。

クリーデンス おいで、ほらおいで。自由になれるよ。

ナギニ （切羽詰まった声）クリーデンス。

ナギニが、開いている窓からクリーデンスを屋上に連れ出す。エッフェル塔が背後に見える。

カメラをパンして、屋上に座っているグリンデルバルドをとらえる。二人の近くにいる。

グリンデルバルド　シーッ。

クリーデンス　（小声で）何が望みだ？

グリンデルバルド　君からか？　何も。君のためになら、私には得られなかったものすべてを望もう。君は何を望むのかね？

クリーデンス　自分が誰なのかを知りたい。

グリンデルバルド　君の本当の素性を証明するものは、ここで見つかる。

グリンデルバルドはポケットから一枚の羊皮紙を取り出して空中に放り投げる。羊皮紙はひらひらとクリーデンスの方に飛び、その手にそっと落ちる。

グリンデルバルド　ペール・ラシェーズ墓地に、今夜来い。真実がわかる。

グリンデルバルドは一礼し、ペール・ラシェーズ墓地の地図を手にしたクリーデンスを残し

て「姿(すがた)くらまし」する。

シーン86　屋内　フラメルの家——日暮れ時

ジェイコブは、寝苦しそうに椅子で眠っている。そばで、半分意識の戻ったカーマがぶつぶつ言っている。

カーマ　　父上……どうして私にこんな……?

ジェイコブが、悪い夢から醒めるように、跳び起きる。

ジェイコブ　　待って！　待って——

完全に目覚めたジェイコブ。胃がぐるぐる鳴る。

ジェイコブの背後に人影。600歳のニコラス・フラメルが、自分の錬金術の工房に立っている。

フラメル　すまんが、この家には食べ物を置いてない。

ジェイコブがヒッと恐怖の悲鳴をあげる。

ジェイコブ　（怯えて）あんた、ゴーストか？
フラメル　（面白がって）いやいや、生きておるよ。わしは錬金術師で、したがって死なない。
ジェイコブ　せいぜい３７５歳にしか見えないですよ。あ、すみません、俺たちドアをノックもせずに——。
フラメル　大事ない。アルバスが友人が立ち寄るかもしれんと言っておった。
ジェイコブ　（手を差し出して）ニコラス・フラメルじゃ。
あ、ジェイコブ、コワルスキーです。

二人は握手する。ジェイコブの握り方は強い——フラメルの脆い骨には強すぎる。

フラメルは大きな水晶玉に近づく。中で渦巻いている黒雲に、稲妻が現れる。

ジェイコブ　ついうっかり——
フラメル　大丈夫じゃ。
ジェイコブ　すみません。
フラメル　イタタ！

ジェイコブ　ハハン、とうとう起こり始めた！
フラメル　（近づいて）こういうの、前に見たことある。お祭りで。ベールをかぶった女性がいて、5セント硬貨一枚で未来を占ってくれた。
　　（間）
　　正直、だいぶ外れたけどな。

カメラは水晶玉にズームする。黒い煙が渦巻き、稲妻が光っている。その中央に見えるのは、クリーデンス——

ジェイコブ　オイ——ちょっと待った！　俺、こいつを知ってる。あの子だ。クリーデンスっていう——

——やがてそれは、大ガラスの石像が目立つ、レストレンジ家の霊廟になる。突然、その霊廟に、クイニーが現れる。石のベンチに腰掛けて何かを待っている……

ジェイコブ　おい！　クイニーだ！　ここにいた。
　　　　　　（クイニーに話しかけるように）ハイ、ベイビー！
フラメル　　（フラメルに）ここはどこなんだ？　ここはどこ？
ジェイコブ　レストレンジ家の霊廟じゃ。ペール・ラシェーズ墓地にある……
　　　　　　（水晶玉の中のクイニーに）今行くよ、ベイビー。動くんじゃないぞ——
　　　　　　（フラメルに）ありがとう。ありがとう、フラメルさん。

ジェイコブが感謝してフラメルの手を握る。

フラメル　　アーッ！

ジェイコブ　あ、また。すみません！　すみません。オーケー？

イタタ……。

ジェイコブ　オー――寄生虫君をよろしく頼みます。

玄関扉が開いている。カーマは逃亡した。

ジェイコブが振り返ると、ソファは空っぽ。ジェイコブは部屋から玄関ホールへと駆け出す。

ジェイコブ　まずい。すみません。俺、行かないと。
フラメル　どうか、墓地には行かないで！

しかしジェイコブもまた、夜の街へと走り出す。

フラメルにカメラを戻す。

フラメルはよろよろとジェイコブを追うが、もう行ってしまったことがわかると、心配そうに水晶玉のそばに戻る。中で黒い炎が渦巻いている。

フラメルはよろよろと工房に戻り、戸棚を開ける。ガラスの小瓶、試験管、輝く「賢者の石」などが垣間見える。フラメルは棚から、フェニックスの型押しのある、鍵のかかった重い本を取り出す。錠前に触れると、本がパッと開く。

カメラが本にズームする。フラメルがページをめくる。

どのページにも写真と名前が載っている。どのページをめくっても、写真の主が全部消えている。

フラメル　　なんとしたこと——

ダンブルドアの写真は空だ。

別なページを開くと、アメリカの魔法学校、イルヴァモーニーの若い教師、ユーラリー・ヒックスが、心配そうにあたりを見回す。

ユーラリー　何事ですか?

フラメル　彼の言ったとおりのことが起こる。グリンデルバルドが、今夜墓地(ぼち)で集会を開き、死人が出る!

ユーラリー　それではあなたが行かなければ!

フラメル　(パニックして)え? ここ二百年間、わしは戦いを見ておらん……

ユーラリー　フラメル、あなたならできます。あなたを信じているわ。

シーン87 屋外 ファステンバーグ広場――日中

ティナとニュートが広場近くの路地から広場を見ている。木立の根が立ち上がって鳥かごの形のエレベーターになり、フランス魔法省に通じることは、以前の場面に出てきた。

ニュート　箱は先祖の記録室にある。ティナ、地下三階だ。

ニュートはポケットを探って小さなボトルを取り出す。中にはドロドロした液体が二滴ほど残っている。

ティナ　ポリジュース薬？
ニュート　（ボトルを見ながら）僕が中に入るだけの量はある。

ニュートは着ているコートを見下ろして、肩についているテセウスの髪の毛を見つける。それを液体に入れて飲むと、テセウスに変身するが、ニュートの服を着たままだ。

ティナ　誰――？

ニュート　兄のテセウスだ。闇祓い。その上ハグ好きだ。

シーン88　屋内　フランス魔法省　受付階――夜

テセウスが会議室を出て、待っていたリタに急いで近づく。

リタ　何があったの？

テセウス　グリンデルバルドが集会を開く。どこかはわからないが、今夜だとみている。

リタとテセウスがキスする。

リタ　　　　気をつけてね。
テセウス　　ああ。
リタ　　　　気をつけるって約束して。
テセウス　　もちろん気をつけるとも。いいか、このことは僕の口から君に知らせたかった。クリーデンスが、行方不明の君の弟かもしれないという噂だ。
リタ　　　　弟は死んだわ。死んだのよ。テセウス、何度言ったら？
テセウス　　わかってる。わかってる。記録だ、記録がそれを証明する、オーケー？　記録は嘘がつけない。
リタ　　　　（鋭く）テセウス。

　テセウスはリタのそばを離れて、トラバースのところに行く。

トラバース　集会の参加者は全員逮捕しろ。抵抗したら——

テセウス　部長——お言葉ですが……あまり締め付けると、火に油を——

トラバース　いいからやれ。

テセウスが、頭を低くしてタイプ室の中を通っていくニュート（偽テセウス）とティナを見つける。兄弟の目が合う。

ニュート（偽テセウス）とティナにカメラを向ける。

ニュート（偽テセウス）はティナの腕をつかみ、廊下の突き当りで急カーブを切る。テセウスは、怒っているトラバース（ニュートに気づいていない）とリタを置き去りにして追跡する。リタは人混みから後退りして、脇のドアから入る。

シーン89　屋内　フランス魔法省　廊下――夜

ニュート（偽テセウス）とティナが、ずらりと絵のかかった廊下を走っていく。ポリジュース薬の効き目がもう切れつつある。

ニュート　フランス魔法省の中では「姿くらまし」はできないだろうね？
ティナ　　できないわ。
ニュート　残念だ。

ポリジュースが完全に切れる。

ティナ　　ニュート！
ニュート　わかっている。ここには警――

たちまち、廊下の絵という絵がニュートの顔に変わる。警報が鳴る。

警報(けいほう)

（声のみ o.s. フランス語と英語で）緊急事態！　緊急事態！　お尋ね者のニュート・スキャマンダーが魔法省に侵入！

テセウスが画面に入ってくる。

テセウス　　ニュート！
ティナ　　　（走りながら）あれがお兄さん?
ニュート　　そう――手紙で言ったと思うけど、僕たちはとても複雑な関係で――
テセウス　　ニュート、止まれ！

ニュートとティナは、全速力で二つ目のドアを通る。その先は――

シーン90　屋内　フランス魔法省　郵便室――夜

――郵便の部屋だ。年老いたポーターが二人、円形の部屋で郵便物のカートを押している。

郵便室を疾走する二人の後ろから、テセウスが呪いを放ち、郵便カートに載った箱を吹き飛ばす。

テセウス　待て！
ニュート　いつもそうだよ。
ティナ　お兄さん、あなたを殺したいの？

ティナが呪文を阻止する。

ティナ　あの人、頭を冷やさなくちゃ！

ティナが杖で狙う。テセウスが吹き飛んで、ティナがどこからともなく創り出した背もたれの高い椅子に勢いよく座らされる。両手を縛られたテセウスが、椅子もろとも後向きに会議室に飛んでいき、壁に激突する。

ニュート　（感じ入って）これ、僕の人生で最高の瞬間かもしれない。

ティナが声をあげて笑う。ニュートとティナは全速力で駆け続ける。

シーン91 屋内 レストレンジの霊廟――夜

たくさんの石棺が納められた古い霊廟。リタの父親の巨大な大理石の墓がひときわ高くそびえている。

アバナシーとマクダフが、フランス魔法省から回収した包みを持って入ってくる。中から見事な箱を取り出し、それを霊廟に仕掛ける。見つけ出させる計画なのだ。

シーン92 屋外 ペール・ラシェーズ墓地――それから間もなく――夜

ジェイコブが、水晶玉で見た墓を探し、暗い人気のない墓地を、息を切らして走っている。遠くに見えるかすかな明かりが、ジェイコブに、レストレンジ家の霊廟を示している。

シーン93 屋外 レストレンジ家の霊廟――直後――夜

ジェイコブが霊廟にたどり着く。楣石に大ガラスの石像。

ジェイコブ　（小声で）クイニー?

応えはない。ジェイコブが中に入る。

シーン94　屋内　レストレンジ家の霊廟——夜

ジェイコブにカメラを向ける。黒っぽい影と石棺でいっぱいの小さなスペースに入っていく。ランプが一つだけ。

ジェイコブ　クイニー、ハニー？

魔法使い　男　そのまま動くな。

ジェイコブの背後で人の気配。ジェイコブが振り向こうとするが、杖をつきつけられて動けない。

シーン95

屋内　フランス魔法省　記録室のアトリウム──夜

ニュートとティナが角を曲がると、美しいアトリウムに出る。木立を模したアール・ヌー

ボーの彫刻を施した扉がそびえている。机の向こうに座っている高齢の魔女、メルシーンが行く手を阻む。

メルシーン　プイ　ジュ　ヴゼデ？（ご用件は？）

ニュート　えーと——こちらはリタ・レストレンジ。そして——僕は彼女の——（小声で婚約者と言おうとする）

ティナ　婚約者です。

メルシーンが古い本を取り上げて机に置き、ページを開く間、二人の間の気づまりな思いが募る。

カメラはメルシーンのしわくちゃの指にズームする。「L」で始まる姓のリストを指がなぞっていく。

メルシーン　（二人に扉を指さして）アレジ（どうぞ）。

ティナ　（小声で）メルシー（どうも）。

ニュート　(ティナの背後で、小声で) ありがとう。

ニュートは急いでティナの手を取り、記録室の扉へと進む。メルシーンの目が、疑わしげに二人を追う。

ティナ　(脆く崩れそうな声) ごめんなさい、ええ。お祝いを言うべきだったわ——

ニュート　ティナ、あの婚約のことだけど——

記録室の扉が開く。二人がすばやく入る。

シーン96 屋内 フランス魔法省 記録室──夜

扉が閉まり、二人は突然真っ暗闇に閉じ込められる。

ニュート　いや、あれは──

ティナ　ルーモス　光よ

目の前の広大な区域に塔が並んでいる。すべてに木立のような彫刻が施され、まるで森の端に立っているような感じだ。ピケットがニュートのポケットから首を出し、興奮してキーキー鳴く。

ティナ　レストレンジ家！

何事もおこらない。

ティナが歩き出す。ニュートがすぐ後に続く。彫刻された塔には羊皮紙の巻紙やら、謎めいたトランクや箱などが置かれている。二人はその間を縫うように歩く。

ニュート　ティナが立ち止まってニュートを見る。え?

ティナ　いや、あの、ハッピーにならないで。

ニュート　ええ、今言ったとおりよ。私、ハッピーだわ——

ティナ　ハッピーにならないで。

ニュート　ティナ——リタのことだけど——

（困って）あ、ちがう、ちがう、ごめん、別に……あ、もちろん僕、君にハッピーになってほしい。それに、君は今そうだって聞いた。あ、それってすばらしい。ごめん——僕が言いたいのは、君にはハッピーになってほしいけど、僕がハッピーだからってハッピーにはならないで。だっ

もちろん僕、君にハッピーになってほしい。

（どうしようもないというしぐさ）

225

ティナ　て、僕は、ハッピーじゃないんだから。
ニュート　（ティナの混乱を見て即座に）ハッピーじゃない。
ティナ　（混乱したままのティナ）婚約もしていない。
ニュート　えっ？
ティナ　あのバカな雑誌のまちがいだ。兄がリタと6月6日に結婚する。僕は兄の付添人。それって、ちょっと笑えるな。
ニュート　お兄さんは、あなたが彼女を取り返す気だと思っているの？
ティナ　（間）
ニュート　そうなの？
ティナ　ちがう！　僕がここにいるのは——

間。ニュートがティナを見つめる。

ニュート　——あのね、君の瞳って、本当に——
ティナ　なんだって言うの？
ニュート　言っちゃいけないんだ。

ピケットがニュートのポケットから一番近い塔に上っていくが、ニュートは気がつかない。

間。二人とも急きこんで。

ティナ　ニュート、あなたの本を……

ニュート　僕はまだ君の写真を持ってる。

ニュートは胸ポケットからティナの写真を取り出して広げて見せる。ティナは強く心を打たれる。ニュートは写真を見てティナを見る。

ティナ　あ、僕の本、読んでくれた

ニュート　──？

ティナ　読んだわ。あなたは──写真？

ニュート　この写真──新聞の切り抜きだけど、でも面白いことに、新聞での君の瞳は……ティナ、本当の君の瞳にもこの光があるんだ……暗い水の中の炎のような。君以外にこういうのを見たのは──

ティナ　（葛藤している）こういうのを見たのは——
　　　　（小声で）火トカゲ？

大きな音とともに、記録室の扉がパッと開く。二人は跳び離れる。誰かが部屋に入ってきた。

二人は塔の間に身を隠す。

ティナ　こっちへ来て。

入口のリタにカメラを向ける。

リタ　レストレンジ家！

リタが切羽詰まった感じで中に入ってくる。コーヴァスの死に関する証拠を隠す最後のチャンスだ。扉がリタの背後で閉まる。リタが杖を上げる。

塔が動き始める。

記録室の扉から覗いているメルシーンにカメラを向ける。

ニュートとティナにカメラを向ける。

巨大な木々がニュートとティナの周りで位置を変えている。よく二人に向かって来て、危うくつぶされそうになった二人は、レストレンジ家の「木」が勢いよく二人に向かって来て、危うくつぶされそうになった二人は、塔の棚に飛び乗る。

リタにカメラを向ける。

そびえたつ塔が、リタの前でぐらぐらしながら止まる。箱の置かれていた場所だけは埃がなく、羊皮紙が一枚置かれている。リタが目を見張る。棚は空っぽだ。

リタが羊皮紙を取り上げて声を出して読む。

リタ 「記録はペール・ラシェーズのレストレンジ家の霊廟に移された。」

リタは、棚の証書箱の間に隠れているピケットを見つける。

リタ　　サーカムロータ　回れ

記録の塔が回り、棚にしがみついているニュートとティナの姿をあらわにする。

ティナ　　（気まずそうに、でも優しく）ハイ。
ニュート　やあ、リタ。
リタ　　　ハロー、ニュート。

その時、メルシーンが、うなり声をあげるマタゴたちに囲まれて、記録室に入ってくる。

ニュート　まずいな。
リタ　　　（怯えて）あの猫たちは何？
ニュート　猫じゃない。マタゴだ。魔女の使いで、魔法省の警備をしている――でも、

危害は加えない、ただし――

怯えてうろたえたリタが、マタゴに呪文を放つ。

リタ　　ステューピファイ！　麻痺せよ！

呪文が効かないばかりか、マタゴが何倍にも増え、攻撃的になる。

ニュート　　攻撃さえしなければだけど！

マタゴの群れに呪文が命中するたびに、マタゴの数が増えて姿が変わる。今や危険な状況だ。

リタ　　まずいわ。
ニュート　　リタ！

リタは手すりをよじ登って、ニュートとティナの棚ところに来る。

リタ　　レベルテ！　元に戻れ！

牙と爪を剝いたマタゴの群れが、漆黒の波のように恐ろしい攻撃をかけてくる。高い塔が急速に動き出す。

「森」のような記録室の「木」がくるくる回りながら動く。マタゴの群れの攻撃に追われ、ニュート、ティナ、リタはその中を走り抜ける。

マタゴが追跡の相手を見失ったかに見えたその時、記録室の塔が一斉に床に沈み込み、部屋は空っぽになる。獲物がいるはずの場所にマタゴが忍び寄るが、そこにあったのは……

ニュートのカバン。

上からカバンにカメラを向ける。

──間

爆音とともに、カバンからズーウーが飛び出す。ニュートがその背中にしがみついている。ズーウーは吠えながら後脚立ちになり、たてがみをきらめかせて、次々と押し寄せるマタゴをたたきつける。

ニュート　　アクシオ！

ニュートのカバンが手元に飛んでくる。

ズーウーとニュートが、激しく襲いかかるマタゴの大群の中に一瞬飲み込まれるが、反撃し、ズーウーが赤い尾を振り回し、無敵の力でマタゴの群れを押しかえす。

ニュートが天井に杖を向ける。

ニュート　　アセンディオ！　昇れ！

塔が再び床から伸び上がり、ニュートとズーウーを高々と持ち上げる。重さを支えきれずに塔が傾いて倒れるが、ズーウーは、マタゴの群れと戦い続けながらバルコニーによじ登る。

シーン97 屋内 フランス魔法省 受付階——直後——夜

マタゴの群れは、記録室から疾走していくズーウーを追うが、追跡のあとには敗れて傷ついたマタゴが残る。魔法省に破壊の道を刻んで、ズーウーが進む。最後にタイプ室の上をひと飛びして……

……強大な魔法の力で上昇し、ズーウーはガラス天井を突き破って出ていく。

シーン98　屋外　ペール・ラシェーズ墓地――夜

ニュートとズーウーが墓地に着地する。巨大なひと飛びで、ズーウーは安全な場所にニュートを運んだ。

追跡(ついせき)してきた数匹(ひき)のマタゴがうなるが、やがて小さく縮(ちぢ)む。マグルの環境(かんきょう)では飼(か)い猫(ねこ)の大きさになり、「ニャア」と哀(あわ)れな鳴き声をあげる。

ニュートがカバンを開け、ズーウーは甘えるようにニュートを軽く押す。

ニュート　よし、よし、いい子だ。もういいよ。待って。わかったよ、よーしよし。

カバンをよじ登って出てきたリタとティナが、ズーウーをあやすニュートを見ている。

ティナがカバンの中から持ってきた猫用の鳥のおもちゃを振る。ズーウーの目が輝く。

リタは、ニュートにもティナにも気づかれずに、暗闇に走り去る。

シーン99　屋内　レストレンジ家の霊廟――直後――夜

リタが、レストレンジ家の先祖の像が眠った姿で並ぶ、装飾的な場所に入っていく。ジェイコブが、ナギニと並んで、壁を背に立っている。ナギニは、クリーデンスに杖で狙いをつけようとしているカーマの前に立ちふさがっている。

カーマ　（ナギニに）下がれ！　どけ！　邪魔するな！　さもないとコーヴァスもろとも殺すぞ。

リタがカーマに向かって杖を上げる。カーマがくるりと振り返り、杖を向けているリタを見る――互角だ。

リタ　止めて！

リタは苦しげに、しかし決然として進む。ついになすべきことをなす時が来た。カーマは茫

然と立っている。リタはまるで母親の生まれ変わりだ。カーマがリタに近づき、暗がりでリタの顔をよく見る。

カーマ　ユスフ？

リタ　本当に君か？　僕の妹……？

クリーデンス　（リタに）こいつがあなたの兄さん？　僕は誰なんだ？

リタ　知らないわ。

ニュートとティナが入ってきて、顔を見合わせる……これはパズルの一コマだ。

カーマ　リタの姿を見て感動し、金縛りにあったように動けない。

クリーデンスはリタを押しのけ、身を護ることもせずにカーマに向き合う。

クリーデンス　名前も生い立ちもわからずに生きるのはうんざりだ。──そのあとで殺せばいい。僕のことを話してくれ

カーマ　お前の過去は私たちの過去だ……（リタを指しながら）私たちの。

リタ　止めて、ユスフ――

カーマ　（意を決して）私の父はムスタファ・カーマだ。セネガルの純血の一族で、とても教養ある人だった。

シーン100　屋外　公園――1896年――日中

美しい女性ロレナが、豪華なローブを着て、明らかに妻を愛している様子の夫のムスタファと一緒に公園を歩いていく。子供のユスフを連れている。

カーマ　（声のみ v.o.）母のロレナも高貴な家柄で――評判の美人だった。二人は

深く愛し合っていた。二人の知人に、有名なフランスの純血の家系で、大きな影響力を持つ男がいた。その男が母に欲望を抱いた。

激しい顔つきの純血の魔法使い、コーヴァス・レストレンジ・シニアが、遠くからロレナの美しさをじっくりと観察している。

シーン101　屋内　カーマの館――1896年――夜

ロレナのローブは夜用に変わっている。ゆっくりと階下に降りていく。超自然的な風が吹いている。

カーマ

（声のみ v.o.）レストレンジは服従の呪文を使って母を誘惑し、連れ去った……

12歳のカーマが母親を追って走り、手を引っ張って階段の上に連れ戻そうとする。ロレナはカーマを振り払う。玄関の扉がパッと開いて、レストレンジ・シニアが庭の小道のむこう端に立っている。ロレナが彼の方に歩いていく。カーマが後を追う。レストレンジ・シニアが杖をカーマに向け、カーマは吹き飛ばされて仰向けに倒れる。

ロレナがベッドに横たわっている。アーマが、生まれたばかりの赤ん坊を毛布に包んで、レストレンジ・シニアのところに連れていく。

シーン102　屋内　レストレンジ家の霊廟——夜

カーマ　……それが母を見た最後になった。母は女の子を産んで間もなく、亡くなった。

カーマ　(リタに)その子が君だ。

罪の意識を掘り返され、リタの目に涙が溢れる。

カーマ　母の死を知って、父はわれを失った……死に際に、父は私に復讐せよと命じた。
(決然として)レストレンジが誰よりも愛している者を殺せと……私は最初、たやすいことだろうと思った……奴に近い親族は一人しかいなかった……リタ、君だ。しかし——

リタ　言って……

カーマ　……奴は君を愛さなかった。

シーン103 屋内 レストレンジの館 寝室──1901年──日中

昔の話に戻る。レストレンジ・シニアには新しいブロンドの妻がいる。

カーマ　（声のみ v.o）奴は母の死から三月も経たないうちに再婚した。奴は君を愛さなかったように、後妻をも愛していなかった……ところが……

アーマが生まれたばかりの男の子を抱いてレストレンジ・シニアに渡す。レストレンジ・シニアは大喜びしている。

カーマ　（声のみ v.o）……とうとう息子のコーヴァスが生まれた。愛というもの

シーン104　屋内　レストレンジ家の霊廟――夜

クリーデンスは恍惚としている――それが自分なのか？　もっと知りたくてたまらない。

カーマ
　――間
　奴は赤ん坊のコーヴァスだけを愛した。

を知らなかったあの男が、愛に満たされた……

クリーデンス　それで……それが真実なのか？　僕がコーヴァス・レストレンジ？

カーマ　そうだ。

リタ　違うわ。

カーマ　クリーデンスが二人を交互に見る。

カーマが振り返ってリタを見る。リタの目はうつろだ。この記憶が何年も悪夢になって彼女を苦しめてきた。

カーマ　（リタに）ムスタファ・カーマの息子が復讐を誓ったことを知り、君の父親は、コーヴァスを私に見つからないところに隠そうとした。そして小間使いに託し、アメリカ行きの船に乗せた。

リタ　確かにコーヴァスはアメリカに送られたわ、でも——

カーマ　小間使いのアーマ・ドゥガードは半妖精だ。魔力が弱いので、私がたどれるような痕跡を残さなかった。しかし思いもかけない知らせを受け取ったことで、お前がどうやって逃げたかが初めてわかった……船が沈没した……だがお前は生き延びた。そうだな？

（クリーデンスに）誰かがお前を海から引き上げた！

「無残に捨てられし息子
悲嘆する娘
戻れ、偉大な復讐者よ
海から、翼をつけて」

そこにいるのが——

（リタを指さして）——悲嘆する娘だ。

そして（クリーデンスに）お前が、海から戻った、翼をもつ大ガラスだ。

私は——私は破滅した家族の復讐者だ。

リタ　　　（クリーデンスに）誰かがお前を海から引き上げた！

カーマ　　気の毒だが、コーヴァス、お前には死んでもらう。コーヴァス・レストレンジはもう死んでいるわ。私が殺した。

リタが杖を上げる。

リタ　　アクシオ！

霊廟の隅に隠されていた重い箱が埃を上げてリタのもとに飛んでくる。カチカチと音を立て、いくつもの歯車が回り……パズルのように、箱が開く。

リタ　　父はとても変わった家系図を持っていた。男性だけを記録するものを……

リタ　　……一族の女性たちは花として記録される。美しく。添え物として。

家系図に描かれた、蘭の花のようなものが巻き付いた木が見える。

シーン105 **屋内 レストレンジの館 育児室——1901年——夜**

アーマがベビーベッドから赤ん坊を抱き上げて出ていく。レストレンジ・シニアがみじめな顔でそれを見ている。

リタ　　（声のみ v.o）父は、コーヴァスと一緒に私もアメリカに送った。

シーン106　屋内　船の船室　1901年――夜

アーマが眠っている。子供のリタが下段のベッドで目を覚ます。赤ん坊のコーヴァスがベビーベッドで泣きわめいている。

リタ　（声のみ　v.o.）アーマは二人の孫を持つ祖母になりすますはずだった……

急に明かりが付いたり消えたりする――子供のリタは動かない。泣き叫ぶ赤ん坊のコーヴァスをまだ見ている。

リタ　（声のみ　v.o.）コーヴァスは泣いてばかりいた。

後ろの方が騒々しくなり、ドアの外の廊下を何人もの人が走る気配。子供のリタが赤ん坊のコーヴァスに近づく。赤ん坊は泣き続ける。アーマが目を覚まし、廊下の騒ぎや物音が何なのかを調べに出ていく。

リタ　（声のみ v.o.）決して傷つけるつもりはなかった。

子供のリタの目が赤ん坊にくぎ付けになっている。

リタ　（声のみ v.o.）ただ、弟から解放されたかった。ほんのひと時だけ……

シーン107

屋内　船の廊下——1901年——夜

反対側の船室のドアが半開きになっている。赤ん坊のクリーデンスが中でぐっすり眠ってい

る。子供のリタが部屋に忍び込む。赤ん坊を取り換える。

リタ　（声のみ　v.o）ほんのひと時だけ。

シーン108　屋内　船室――1901年――夜

子供のリタが赤ん坊のクリーデンスを連れて入ってくる。

騒ぐ女性
アーマ　ほら、急いで！　ボートに乗り込めって。
　　　　赤ちゃんをよこして！

船員たち

こっちだ、ついてきて！　全員救命ボートへ！　急いで。
皆さん！　急いでボートに乗って！
男性の皆さん、手を貸してあげてください。

船がまたぐらりと揺れる。アーマが赤ん坊のクリーデンスをひったくるが、どさくさの中、取り換えに気づかない。船室のドアがバタンと開いて、部屋着の上に救命胴衣をつけた黒髪の若い女性が現れる。

クリーデンスの叔母　アーマ？　救命胴衣をつけろと言ってるわ！

彼女は足を滑らせてそのまま自分の船室に入っていき、赤ん坊のコーヴァスを抱き上げる。
彼女もまた、赤ん坊が取り換えられていることに気づかない。

シーン109 屋外 救命ボート――1901年――夜

子供のリタ、アーマ、赤ん坊のクリーデンスが同じボートに乗っている。クリーデンスの叔母と赤ん坊のコーヴァスは別なボートだ。

ボートの男性 みんな落ち着け！　どうか落ち着いて！　みんなで一緒に乗り越えるんだ！

大波が近づく。子供のリタの目の前で、クリーデンスの叔母と赤ん坊のコーヴァスを乗せたボートが転覆する。

カメラは海面にズームする。少数の生存者が浮上する。クリーデンスの叔母もいるが、赤ん坊のコーヴァスはいない……クリーデンスの叔母は救命胴衣を脱ぎ捨て、海に潜ろうとする……

叔母は二度と浮きあがってこない。カメラは海面から潜っていき、おぼれる女性を通り過ぎ、沈んでいく赤ん坊の跡に、魔法の光の泡が立ち……そしておぼれる赤ん坊の黒い姿を見せる。

その小さな姿は……

シーン110　屋内　レストレンジ家の霊廟──夜

そしてその小さな姿は……海の緑の光の中を、おぼれて落ちていく赤ん坊の姿になって、霊廟の空中に浮かぶ。リタがその姿を創り出している。リタをずっと苦しめてきたその姿を、今、リタはみんなに見せている。

リタを示す蘭の花が、レストレンジ家の家系図にコーヴァス・レストレンジと記された枝に絡み、その葉が萎れて枯れてしまうまで絡みつく。

ニュート　　リタ、君にはそのつもりがなかった。君のせいじゃない。
リタ　　　　ああ、ニュート、あなたは、愛せない怪物に出会ったことがないのね。

二人は長い間見つめあう。そのまなざしには、様々な過去の思い出が去就している。

ティナ　　　リタ、クリーデンスの素性を知っているの？　赤ん坊を取り換えた時、知っ

リタ　ていたの？　いいえ。

クリーデンスが反応する。

霊廟の壁の一部が突然開く。全員が地下へと続く階段を見つめる。下から、集まっている大群衆の騒音が聞こえる。

ジェイコブ　クイニー？

止める間もなく、ジェイコブは階段を駆け下りていく。ニュートとティナが大急ぎで追う。リタはカーマを見て、それからニュートの後を追う。

カーマも急いでリタに続く。

シーン113　屋内　地下の円形劇場──夜

狭い階段を下りたジェイコブは、地下の円形劇場で、恐ろしい光景を目にする。

何千人という魔女や魔法使いが動き回り、何人かはもう石のベンチに腰かけている。ピリピリした空気。不安そうな顔、興味津々の顔。興奮している人、殺気立っている人。仮面を付けたアコライトたちが、群衆を取り仕切っている。

円形劇場に入ってくるクリーデンスとナギニにカメラを向ける。

眼前の光景に威圧され、怯えながら、二人は人波に飲まれて、劇場の奥へと流されていく。

ナギニがクリーデンスを引き戻そうとする。

ナギニ　この人たちは純血の魔法使いだわ。私たちのようなものは慰みに殺される！

クリーデンスは歩き続ける。ナギニは一瞬ためらうが、ついていく。

あたりを見回したジェイコブは、見慣れたブロンドの髪を見つける——クイニーだ。アコライトたちに囲まれている。

ジェイコブ　（小声で）クイニー。

ジェイコブは人波を押し分けて進む。

クイニーに駆け寄るジェイコブにカメラを向ける。

クイニーが振り向く。歓喜して——

クイニー　ジェイコブ、ハニー、来てたのね！

クイニーが両腕をジェイコブの首に巻き付ける。

クイニー　（ジェイコブの心を読んで）ああ、ハニー、ごめんなさい。あんなことすべきじゃなかったわ。とっても愛してる——

ジェイコブ　俺も愛してる、ってわかってるよな？

クイニー　ええ。

ジェイコブ　よかった。さあ、こんなところ、とっとと出よう。

ジェイコブはクイニーを引っ張って、今来た道を戻ろうとするが、クイニーがグイと引き戻す。

クイニー　（真剣に）待って、ね、ちょっと待って。彼の言うことを、まず聞いてみたらと思って。ね、聞くだけだから。

ジェイコブ　何を言ってるんだ？

訳が分からないジェイコブを、クイニーは、自分の隣の席に引っ張り込み、しっかり腕をつかむ。ジェイコブは周りの純血たちを不安そうに見回す。

ニュートとティナにカメラを向ける。

二人はすでに群衆の中にいる。ティナは二人が追跡してきたクリーデンスたちを探しているが、ニュートは、もっと大きな構図を読み取り始めて、動揺している。

ティナ　　罠だわ。
ニュート　そうだ。クイニーも——家系図も——全部、餌だった。
ティナ　　

ニュートがあたりを見回す。アコライトたちが、出入口を全部閉鎖し始めている。

ニュート　出口を見つけないと。今すぐ。
　　　　　君はほかの人たちを探してくれ。
ティナ　　あなたはどうするつもり？

ニュート　何とか考える。

ニュートは動き出す。ティナはニュートよりもさらにゆっくりと群衆の中に入っていき、ジェイコブとクリーデンスを探す。

ニュートの動きを見張（みは）っている、一人のアコライトにカメラを向ける。

明かりが落とされ、群衆（ぐんしゅう）が歓声（かんせい）を上げ始める。

シーン112 屋内 地下の円形劇場——夜

聴衆の大歓声に迎えられて舞台に現れたグリンデルバルドにカメラを向ける。グリンデルバルドは、大衆煽動者とロックスターが交じり合った姿。群衆の異常な興奮がますます高まる。

群衆の中を、捜索を続けながらじりじりと進むティナにカメラを向ける。

クイニーを見つける。そこから少し離れたところに、クリーデンスを見つける。どちらを先にするか？ クリーデンスに決める。しかし、動き出すと、一人のアコライトに阻まれる。二人は目を合わせる。多勢に無勢だ。アコライトににらまれながら、ティナはベンチに座り込む。

カメラは群衆にパンする。クイニーはうっとりし、ジェイコブは怯えて身を低くしている……カーマは怪しみ……クリーデンスは茫然とし、ナギニは誰をも信じていない……リタはグリンデルバルドを観察している。何をする気なのか……

聴衆に静まるようにと合図するグリンデルバルドにカメラを向ける。

グリンデルバルド　わが兄弟よ、姉妹よ、わが友よ、盛大な拍手は、私に贈られるべきではない。

（異議の声にすぐさま応えて）ちがう。君たち自身へのものだ。

群衆の中にいるリタにカメラ。拍手はしていないが、グリンデルバルドのカリスマ的な引力を感じ取っている。

グリンデルバルド　君たちが今日ここに来たのは、古いやり方がもう役に立たないと知り、渇望を抱いているからだ……君たちが今日ここに来たのは、新しいもの、何かちがうものを渇望するからだ。

聞き入っているクリーデンスにカメラを向ける。

グリンデルバルド　私はレ・ノン・マジークを憎み、マグル、ノー・マジ、呪文不能者を憎ん

でいる、と言われている。

聴衆の大多数は、その通りだとヤジり、ののしる。ジェイコブがますます頭を低くする。クイニーが一瞬心配になり、ジェイコブの手を取る。だめよ、待って——。

グリンデルバルド　私は彼らを憎んでいない。ちがう。

聴衆がシンとなる。

グリンデルバルド　私は憎しみから戦うのではない。マグルが劣っているのではない。ただ異なるのだ。価値のない者ではなく、価値が異なるのだ。切り捨てるべき者たちではなく、別な切り方をされた者たちなのだ。

（間）

魔法は稀有な魂にのみ花咲く。より高きもののために生きる者のだ。ああ、我らが、全人類のために、どんなにすばらしい世界を実現できることか。我らは自由のために、真実のために生きる——

グリンデルバルドの目が、前列のクイニーの目をとらえる。

グリンデルバルド ──そして愛のために。

カメラがクイニーにパンする。今や全身全霊、彼の虜……

シーン113　屋外　ペール・ラシェーズ墓地──夜

五十人の闇祓いの影のような黒い姿が、霊廟の中に入ってくる。カメラは闇祓いたちに向け、

テセウスの姿をとらえる。

テセウス　演説を聞くのは不法ではない！　力の行使は極力避けろ。悪役になれば奴の思うつぼだ！

しかし、他の闇祓いたちの顔には、不安が、そして恐れさえも見える。何人かはあからさまに、戦い、仕返しをしたいという顔だ。

シーン114　屋内　地下の円形劇場──夜

カメラを舞台のグリンデルバルドに戻す。

グリンデルバルド　我々が立ち上がり、正当なる場所を得なければ、どんな未来が待ち受けているのか。今こそ、私の予知する未来の姿を諸君に見せる時だ。

ロジエールが舞台に進み出る。一礼して、どくろの水ギセルをグリンデルバルドに渡す。

聴衆は水を打ったように静かになる。グリンデルバルドが水ギセルを深く吸い込む。白目をむき、息を吐く……

……驚くべき光景。彼の唇から、巨大な多彩色の煙が高い石の天井いっぱいに広がり、映像が流れ出る──群衆が息を飲む──

ブーツを履いた何千人もの足が行進していく……爆発、銃を持って走る男たち……

カメラは聴衆の顔にズームする。茫然とした怖れの表情。幻影の光がその顔に映り込んでいる。

カメラがニュートにズームする。衝撃を受けている。

核爆弾がさく裂する画像が円形劇場を揺るがす。恐ろしい光景だ。聴衆はそれを感じ、恐怖に陥っている。叫び声。幻影が消えていき、怯えたざわめきが残る。

恐怖の表情のジェイコブにカメラがズームする。

ジェイコブ　　もう戦争はごめんだ……

幻影が消えて、聴衆の目はグリンデルバルドに戻る。

グリンデルバルド　我々の戦う相手はこれだ！　これが敵なのだ。やつらの傲慢さ、権力欲、野蛮さ。やつらの武器がいつなんどき我々に向けられるか？

カメラが出入口にパン。群衆に気づかれずに劇場に入ってきた闇祓いたちが、聴衆の中に広がっていくのが見える。

カメラはテセウスにズームする。気づかわしげだ。一触即発の状況。とんでもない事態になりかねない。

聴衆は静まり始めるが、興奮し、なにか新たな驚くべき啓示を待っている。

グリンデルバルド　今から私が言うことを聞いても、何もしないでくれ。冷静に、感情を抑えてくれ。

（間）

闇祓いが我々の中に紛れ込んでいる。

息を飲む音。振り向く人々。闇祓いがパニック状態になってあたりを見回す様子にカメラを向ける。数では全くかなわない。群衆は敵意を抱いている。

グリンデルバルド　（入ってきたばかりの闇祓いたちに）兄弟たちよ、近くに寄りたまえ！仲間に加わるのだ。

ヤジやあざけりが高まり、闇祓いたちは、前に出て存在を明らかにするしかない。

振り向くリタにカメラを向ける。

リタがテセウスを見つける。二人は思いのこもった目で長い間見つめあう。

テセウス　（ほかの闇祓いたちに）何もするな。攻撃するな。

しかし、一番神経質な若い闇祓いの一人が、若い赤毛の魔女と目を合わせる。魔女は怒って、若い闇祓いと同じくらいピリピリしながら、杖を指でもてあそんでいる。

グリンデルバルド 確かに、私の信奉者がずいぶん彼らに殺された。ニューヨークでは私を捕らえて拷問した。仲間の魔法使いや魔女を、彼らは取り締まってきた。真実を求め、自由を欲するという単純な罪のために……

グリンデルバルドは、意図的に、落ち着かない赤毛の魔女の感情を煽り立てている。若い闇祓いが杖を数センチ上げる。魔女が攻撃したがっていることを感じ取る——

グリンデルバルド 君たちの怒り——君たちの復讐の願い——それは当然だ。

そして、ことは起こった。魔女が杖を上げるが、若い闇祓いの呪いが早かった。魔女は息絶えて倒れる。魔女の仲間たちが戦慄する。

グリンデルバルド なんてことを！

悲鳴が劇場を埋める。グリンデルバルドが群衆の中に立ち、階段を上っていく。人々が道を

開ける。グリンデルバルドが跪き、ぐったりした魔女に寄り添う。

グリンデルバルド　（魔女の友人たちに）この若き戦士を家族の元へ。

ニフラーが、だれにも気づかれずに、グリンデルバルドのブーツから身をよじって出てきて、群衆の中に消える。

グリンデルバルド　「姿くらまし」だ。去るがいい。ここから離れ、証言を広めるのだ。暴力的なのは我らではないと。

テセウス　　　　

友人たちは亡骸を抱えて「姿くらまし」する。ほかの大勢もそれにならう。テセウスと闇祓いたちは純血の魔法使いたちが消えるのを見守っている。テセウスが、配下の闇祓いたちに「進め」と指揮する。

テセウス　（グリンデルバルドを見ながら）奴を捕らえろ。

闇祓いたちが円形劇場の階段を下り始める。グリンデルバルドは進んでくる闇祓いに背を向け、戦いの予感を楽しんでいる。

グリンデルバルド　プロテゴ　ディアボリカ　悪魔の護り

グリンデルバルドは回転し、自分の周りに黒い炎の円陣を描く。出口が閉じる。

アバナシー、カロー、クラフト、マクダフ、ナーゲル、ロジエールが、炎の中を歩いて円陣に入る。

躊躇しているクロールにカメラ。円陣の方がましだという結論を出したクロールが、勇気を奮って炎に向かって走る——そして焼かれてしまう。

グリンデルバルド　闇祓いたちよ、この輪に入れ。私に永遠の忠誠を誓うか、さもなくば死

か。ここだけが自由を知る場所、ここだけが本当の自分を知る場所なのだ。

グリンデルバルド　ルールに従ってゲームしろ。坊やたち、ズルはなしだ。

ナギニはクリーデンスをつかんで引っ張り、一緒にその場を去ろうとするが、クリーデンスはグリンデルバルドをじっと見つめている。

クリーデンス　あいつは僕が誰なのかを知っている。

ナギニ　あいつが知っているのは、あなたが何者として生まれたかだわ。誰なのかじゃない……

グリンデルバルドが炎の向こうからクリーデンスに笑いかける。

ニュート　クリーデンス！

ニュートは炎と戦おうとするが、ますます狂暴になった炎は、鞭のようにくねくねと襲ってくる。

クリーデンスは意を決してナギニを振り払い、炎に向かって歩く。

ナギニは嘆き憂えるが、勢いを増す炎に追われて、後退せざるを得ない。

クイニーとジェイコブにカメラ。二人は壁の別々の場所に押し付けられている。

ジェイコブ　クイニー、目を覚ませ。

クイニー　（意を決する）ジェイコブ、彼が答えだわ。彼が願っているのは、私たちの欲しいものなのよ。

ジェイコブ　だめ、だめ、だめ、だめ。

クイニー　そうよ。

ジェイコブ　ちがう。

黒い炎が急速に二人に近づいてくる。

炎の中を歩くクリーデンスにカメラを向ける。

グリンデルバルドが、帰ってきた放蕩息子を迎えるように彼を抱く。

グリンデルバルド　クリーデンス、みんな君のためにやったことだ。

クイニーとジェイコブにカメラを向ける。

クイニー　　　一緒に来て。
ジェイコブ　　ハニー、だめだ！
クイニー　　　（叫ぶ）一緒に来て！
ジェイコブ　　気は確かか。

クイニーはジェイコブの心を読み、振り返って躊躇するが、やがて黒い炎に向かって歩く。

ジェイコブ （必死に、信じられずに）だめだ、クイニー。止めてくれ。

クイニーの悲鳴。ジェイコブは恐怖に駆られて顔を覆う。クイニーは炎の輪を通り抜け、グリンデルバルドの側に加わる。

ジェイコブ クイニー……
ティナ クイニー！

クイニーは「姿くらまし」する。

ティナはグリンデルバルドに呪いを投げつけて仕返しするが、炎の輪はますます激しく鋭い舌を突き出し、のたうつ。グリンデルバルドは、ニワトコの杖をタクトのように振り、オーケストラを指揮するように炎を操る。割れた炎の舌先が、「姿くらまし」したり逃れようとしたりする闇祓いを攻撃する。

六人の正気を失った闇祓いが、グリンデルバルドの炎に駆け込む。

円形劇場の階段に並んで立っているニュートとテセウスにカメラを向ける。

グリンデルバルド スキャマンダー君。ダンブルドアは君の死を悼むだろうか？ テセウスとニュートは防衛する。

グリンデルバルドが二人に向かって大きな黒い火の玉を投げつける。

リタ （声のみ o.s.）グリンデルバルド！ 止めて！

グリンデルバルドがリタの姿を見つける。

テセウス リタ……

グリンデルバルド この女を、私は知っている。

テセウスは、どうしてもリタのそばに行こうと、ありったけの意思の力で、リタに向かって道を切り開く。持てる力をすべて使って、炎を遠ざけようとする。

必死でリタに近づこうとするテセウスが、炎と戦いながら距離を詰めていくが、グリンデルバルドは炎（ほのお）を通り抜けてリタに近づいてくる。

グリンデルバルド　リタ・レストレンジ……魔法使（まほうつか）いたちに軽蔑（けいべつ）され……愛されず、冷遇（れいぐう）され……なのに勇敢（ゆうかん）だ。かくも勇敢だ。

（リタに）さあ、家に帰る時だ。

グリンデルバルドが手を差し伸（の）べる。リタは静かにそれを見る。

グリンデルバルドが目を細めてリタを見る。

リタがテセウスとニュートを見る。二人とも茫然（ぼうぜん）とリタを見ている。

リタ　　　愛してるわ。

リタはロジエールの手にあるどくろに杖を向ける。どくろが破裂する。ロジエールはのけぞって倒れ、グリンデルバルドは一瞬　混沌の渦に飲まれて姿がかすむ。

リタ　　　（ほかのみんなに）逃げて！　逃げて！

炎がリタを飲み込む。気も狂わんばかりに、テセウスはリタを追って炎に飛び込もうとする。

しかし、ニュートがテセウスをつかんで「姿くらまし」する。炎はグリンデルバルドの怒りを映して、爆発し、二人を追う。

グリンデルバルド　（つぶやく）パリは気にくわん。

シーン115 屋外 ペール・ラシェーズ墓地――直後――夜

ニュートとテセウス、ジェイコブを連れたティナ、ナギニを連れたカーマが、円形劇場から墓地に「姿現し」する。黒い炎は多頭のヒドラのように、すべての霊廟から噴き出して追ってくる。

フラメルがやっと到着する。

墓地は崩壊寸前だ。グリンデルバルドの放った火は収拾がつかない。ドラゴンのような何匹もの生き物の形になり、何もかも破滅させようとしている。

フラメル　固まれ！　円陣だ。杖を地面に突き刺せ。さもないとパリは全滅する！

ニュートとテセウス　フィニート！　フィニート！　終われ！

ティナ　フィニート！

カーマ　フィニート！

フラメル　フィニート！

ジェイコブを除くわれらがヒーローたちは、円陣を張って杖を地面に突き刺す。

グリンデルバルドの悪魔の炎を抑え込むには、炎と戦わねばならない。われらがヒーローたちは、力を合わせて戦う……さらに殺傷力を増した炎と戦わねばならない。われらがヒーローたちは、力を合わせて戦う……

そしてついに、浄化の火がグリンデルバルドの炎を押し返す。地下の埋葬地への入口は閉じられる。

彼らはパリを救った。

フラメルがジェイコブを慰める。ナギニは暗がりに座り、涙にくれている。

ニュートが、リタを失ったテセウスに不器用に近づく。慰めの言葉を探して、ニュートは生まれて初めて兄の体に腕を回し、二人は抱き合う。

そして、ニュートは躊躇する。

ニュート　僕はどちら側につくかを選んだ。

ニフラーがひょこひょことニュートに近寄る。ニュートが抱き上げる……

ニュート　（ニフラーに）おいで、よしよし。いや、大丈夫だよ。

……そして、ニフラーの前足に、グリンデルバルドの小瓶があるのに気づく。ニュートは驚いてそのペンダントを取り、小瓶もニフラーも一緒にコートに押し込む。

シーン116 屋外　ホグワーツの陸橋——夜明け

ダンブルドアがホグワーツから陸橋を歩いていく。行く手にはニュート、ジェイコブ、ティナ、テセウス、ナギニ、カーマ、トラバース、そして何人かの闇祓いが立っている。

ニュートがダンブルドアに会いに、一人で歩いていく。トラバースが止めようとする。

テセウス　　（トラバースに）ニュート一人で話すほうがよいと思います。

トラバースが何か言いかけるが、じっと見つめるテセウスの目を見て、短く頷く。

ニュートがダンブルドアに近づき、二人は陸橋の真ん中で向き合う。

シーン117 屋外 オーストリア ヌルメンガード城の窓――夜明け

クリーデンスが空を見つめている。自分のしたことに怖れを感じながら、壮大な景色に感じ入っている。カメラはパン・アウトして、高い山の上に立っているヌルメンガード城を見せる。

シーン118

屋内 ヌルメンガード城 客間の次の間——夜明け

グリンデルバルドとクイニーが、半分開いているドアから、大きな客間にいるクリーデンスを観察している。

グリンデルバルド （小声で）あの子はまだ私を恐れているのか？

クイニー （小声で）気をつけたほうがいいわ……自分の選択が正しかったのかどうか、あの子は迷っているのよ。優しくしてあげて。

グリンデルバルドは一礼して別のドアからクイニーを送り出す。クイニーが微笑む。

グリンデルバルドは彼女が行ってしまったことを確かめてから、客間に入ってクリーデンスに近づく。

グリンデルバルド　愛し子よ、君に贈り物がある。

背後からきりっとした杖を取り出し、一礼してクリーデンスに与える。クリーデンスは信じられない面持ち。

シーン119 屋外 ホグワーツの陸橋――日中

ダンブルドアのうつろな目。いつもの沈着さが消え、やっと踏みこたえている様子。

ダンブルドア　本当なのか、リタのこと?

ニュートが頷く。

ニュート　はい。
ダンブルドア　残念だ。

ニュートは小瓶を引っ張り出す。ダンブルドアは苦痛と驚きの入り混じった顔でそれを見つめる。

ニュート　血の誓いですね？　あなたたちは、お互いに戦わないと誓った。

ダンブルドアは、ひどく恥じ入って頷く。

ダンブルドア　（強く動かされて）マーリン！　一体どうやってこれを……？

ニフラーがニュートのコートから首を突き出す。ペンダントを取り上げられて悲しそう。

ニュート　グリンデルバルドには、自分が単純だと考えている動物たちの本質が理解できないようです。

ダンブルドアは両手を上げて、戒め錠を見せる。

テセウスにズームする。

テセウスが杖を上げる。

カメラはダンブルドアとニュートに戻る。

ダンブルドアの手首から戒め錠が落ちる。

血の誓約の小瓶が、二人の間の空中に浮かんでいる。

ニュート　　破壊することはできますか？

ダンブルドア　　たぶん……たぶんな。

強い感情に圧倒され、涙を浮かべながら、ダンブルドアは快活に話そうとする。

ダンブルドア　　（ニフラーに）お茶を飲むかね？

二人はホグワーツ城に向かって歩く。

ニュート　ミルクなら飲みます。スプーンは全部隠してください。

ほかの人たちもゆっくり後に続く。

シーン120　屋内　ヌルメンガード城——夜明け

グリンデルバルド　君はもっとも忌まわしい裏切りにあった。血を分けた者が意図的に君を裏切ったのだ。自らの骨肉が。君の苦悩を喜んだばかりか、君の兄はさらに、君を殺そうとしている。

クリーデンスは鋭く息を吸い込む。飼っているひな鳥が、グリンデルバルドの手のひらの上を、ためらいながら歩く。グリンデルバルドはそれを空中に投げる。ひな鳥が燃え始める。

グリンデルバルド 君の一族の伝説では、家族の誰かが窮地にあるときには、不死鳥がやってくるという。

やっと場を与えられて、鳥は翼を広げ、成鳥の大きさになる。鳥が燃え上がる。不死鳥の再生だ。

グリンデルバルド 愛し子よ、それが君の生まれ持っての権利だ。そして私がいま復活させる君の名前も。
(ささやく)アウレリウス。アウレリウス・ダンブルドア。
私とともにこの世界を造り変えるのだ。

クリーデンスが後ろを向く。ついにオブスキュラスの力を制御する手段を得た。クリーデンスが杖を窓に向けると、強大な呪文の力がガラス窓を破り、向かい側の山を割る。

クリーデンスは、粉々になった窓から自分のなした業をじっと見る。彼は強大だ。しかもそれはまだ始まりにすぎない。

THE END

映画用語集

- **カメラを向ける** カメラを特定の被写体に向けること。
- **カメラを戻す** カメラが、同じシーン内の別の場所等を映したあと、メインとなる人物や展開に焦点を戻すこと。
- **ズームする** カメラが、人物や物を近くから映すこと。
- **画面切り替え** オーバーラップなどの効果を使わず、別のシーンへ切り替えること。
- **オーバーラップ** シーンを徐々に消していき、次のシーンを徐々に現す手法。
- **屋外** 屋外撮影
- **屋内** 屋内撮影
- **声のみ（O・S オフ・シーン）** スクリーン外のアクションの音や、映っていない人物の話し声のこと。
- **パン** カメラの動きのこと。固定されたカメラがゆっくりと回転し、ある対象から次の対象を映していく。

- 〜の主観ショット　ある特定の人物の視点から映すこと。
- 小声で（S.V.　ソット・ボーチェ）　小声やささやき声のこと。
- 声のみ（V.O.　ボイス・オーバー）　そのシーンには存在していない人物の声で、セリフが語られること。

キャスト、クルー

配給：ワーナー・ブラザース映画
製作：ヘイデイ・フィルムズ
デイビッド・イェーツ

ファンタスティック・ビーストと黒い魔法使いの誕生

監督：デイビッド・イェーツ
脚本：J.K.ローリング
製作：デイビッド・ヘイマンp.g.a.、J.K.ローリングp.g.a.、
スティーブ・クローブスp.g.a.、ライオネル・ウィグラムp.g.a.
製作総指揮：ティム・ルイス、ニール・ブレア、リック・セナ、ダニー・コーエン
撮影：フィリップ・ルースロ、A.F.C.／ASC
美術：スチュアート・クレイグ
編集：マーク・デイ
衣裳：コリーン・アトウッド
音楽：ジェームズ・ニュートン・ハワード

キャスト
ニュート・スキャマンダー：エディ・レッドメイン
ティナ・ゴールドスタイン：キャサリン・ウォーターストン
ジェイコブ・コワルスキー：ダン・フォグラー
クイニー・ゴールドスタイン：アリソン・スドル
クリーデンス・ベアボーン：エズラ・ミラー
リタ・レストレンジ：ゾーイ・クラビッツ
テセウス・スキャマンダー：カラム・ターナー
ナギニ：クローディア・キム
ユスフ・カーマ：ウィリアム・ナディラム
アバナシー：ケビン・ガスリー
with
アルバス・ダンブルドア：ジュード・ロウ
&
ゲラート・グリンデルバルド：ジョニー・デップ

作者について

J.K.ローリングは、ベストセラー「ハリー・ポッター」シリーズ（1997年から2007年までに全7巻刊行）の著者。チャリティーのために出版された3冊の副読本を合わせると、シリーズは累計5億部以上を売り上げ、80以上の言語に翻訳された。8部作の映画は大ヒットを記録。

『幻の動物とその生息地』はホグワーツの指定教科書として刊行され、売り上げはチャリティ団体〈コミック・リリーフ〉に寄付された。のちに、同作品に着想を得た5部作の映画シリーズが誕生し、1作目は2016年にワーナー・ブラザースにより配給。第2作目となる『ファンタスティック・ビーストと黒い魔法使いの誕生』は、2018年11月に公開された。

J.K.ローリングはまた、脚本家ジャック・ソーンと、演出家ジョン・ティファニーと共に、『ハリー・ポッターと呪いの子　第一部・第二部』の制作にあたった。本作は2016年にロンドンのウェストエンドで初演されたのち、2018年にブロードウェーで上演され、2019年には世界各地で公演が予定されている。

J.K.ローリングはロバート・ガルブレイスのペンネームで、私立探偵コーモラン・ストライクを主人公にした犯罪小説シリーズを執筆しており、2018年秋には4作目が刊行された。同シリーズはBrontë Film and Television制作でテレビドラマになり、BBCとHBOで放映されている。J.K.ローリングは2012年に、大人向けの本『カジュアル・ベイカンシー　突然の空席』も発表した。

ブックデザインについて

———

本作のブックデザインと挿絵は、
ロンドンを拠点に活動する
ミナリマ・デザインスタジオが担当した。
スタジオ創設者ミラフォラ・ミナとエドゥアルド・リマは、
〈ファンタスティック・ビースト〉シリーズと、
8部作の〈ハリー・ポッター〉シリーズの
グラフィックデザインを手がけた。
ミナリマは魔法世界の雰囲気を作りあげる上で
欠かせない存在となり、映画、テーマパーク、
大ヒットした書籍、すべてのデザインに関わってきた。

カバーと挿絵は、
作中の設定と魔法生物に着想を得ている。
1920年代のアールヌーボー的装飾は映画の
美しい雰囲気と調和し、
また、同じくミナリマがデザインした
書籍版『ファンタスティック・ビーストと魔法使いの旅』
のテーマも忠実に引き継がれている。

挿絵はすべて手書きで作成され、アドビ・フォトショップ
でデジタル加工された。

訳者紹介

松岡 佑子（まつおか・ゆうこ）

翻訳家。国際基督教大学卒、モントレー国際大学院大学国際政治学修士。日本ペンクラブ会員。スイス在住。訳書に「ハリー・ポッター」シリーズ全7巻のほか、「少年冒険家トム」シリーズ全3巻、『ブーツをはいたキティのおはなし』、『ハリー・ポッターと呪いの子　第一部・第二部』『とても良い人生のために』（以上静山社）がある。

岸田恵子（きしだ・けいこ）

(株)東北新社 外画制作事業部 翻訳室所属、映像翻訳家。主な映画作品の字幕・吹き替えの仕事に「ハリー・ポッター」シリーズ、「ミッション・インポッシブル」シリーズ、『パディントン』などがある。

ファンタスティック・ビーストと黒い魔法使いの誕生
映画オリジナル脚本版

著者　J.K.ローリング
日本語版監修・翻訳　松岡佑子
映画字幕・吹き替え　岸田恵子

2018年12月14日　第1刷発行

発行者　松岡佑子
発行所　株式会社静山社
〒102-0073　東京都千代田区九段北1-15-15
電話・営業　03-5210-7221
https://www.sayzansha.com

翻訳協力　　井上里
　　　　　　ルーシー・ノース
日本語版デザイン　　坂川栄治+鳴田小夜子（坂川事務所）
組版　　　　アジュール
印刷・製本　中央精版印刷株式会社

本書の無断複写複製は著作権法により例外を除き禁じられています。
また、私的使用以外のいかなる電子的複写複製も認められておりません。
落丁・乱丁の場合はお取り替えいたします。
Published by Say-zan-sha Publications, Ltd.
ISBN978-4-86389-494-5 Printed in Japan